Dans les Forêts de Sibérie

在西伯利亚森林中

（法）西尔万·泰松 著　周佩琼 译

著作权合同登记号　图字 01-2018-3308

DANS LES FORÊTS DE SIBÉRIE
by Sylvain Tesson
Copyright © Editions Gallimard, Paris, 2011
All rights reserved.

图书在版编目(CIP)数据

在西伯利亚森林中/(法)西尔万·泰松著;周佩琼译.—北京:人民文学出版社,2018
(远行译丛)
ISBN 978-7-02-014512-6

Ⅰ.①在…　Ⅱ.①西…②周…　Ⅲ.①游记-作品集-法国-近代　Ⅳ.①I565.64

中国版本图书馆 CIP 数据核字(2018)第 190391 号

出　品　人　黄育海
责任编辑　朱卫净　　何炜宏　　潘丽萍
封面设计　汪佳诗

出版发行　人民文学出版社
社　　　址　北京市朝内大街 166 号
邮政编码　100705
网　　　址　http://www.rw-cn.com
印　　　刷　山东临沂新华印刷物流集团有限责任公司
经　　　销　全国新华书店等
字　　　数　146 千字
开　　　本　890 毫米×1240 毫米　1/32
印　　　张　7.75
插　　　页　5
版　　　次　2018 年 12 月北京第 1 版
印　　　次　2018 年 12 月第 1 次印刷
书　　　号　978-7-02-014512-6
定　　　价　49.00 元

如有印装质量问题,请与本社图书销售中心调换。电话:010-65233595

题外话

我曾向自己承诺，四十岁前在森林深处过一段隐居生活。

我在贝加尔湖畔雪松北岬的一座西伯利亚小木屋里居住了六个月。村庄在一百二十公里以外，没有邻居，不通道路，偶尔有人造访。冬季，气温降至零下三十摄氏度，夏季，熊在湖岸陡坡出没。简言之，这儿是天堂。

我带去了书籍、雪茄和伏特加。至于其他——天地，静寂，孤独——已在那里。

在这片荒原中，我自创了一种朴素而美好的生活，度过的这段生命紧缩为几个简单的行为。面朝湖泊和森林，注视着日子流逝。砍柴，钓鱼做饭，大量阅读，在山间行走，在窗前喝伏特加。小屋是一个捕捉自然颤动瞬间的理想观测站。

我经历了冬春，感受了幸福、绝望，以及最终的平和。

在泰加森林深处，我逐渐蜕化。静止的生活为我带来了从旅行中无法获取的东西。此地的神灵助我驯服了时间，而我的隐居生活便成为这些变化的实验室。

每天，我都把自己的思绪记录在笔记本上。

这本隐居日记，正捧在您的手中。

西·泰

北贝加尔斯克

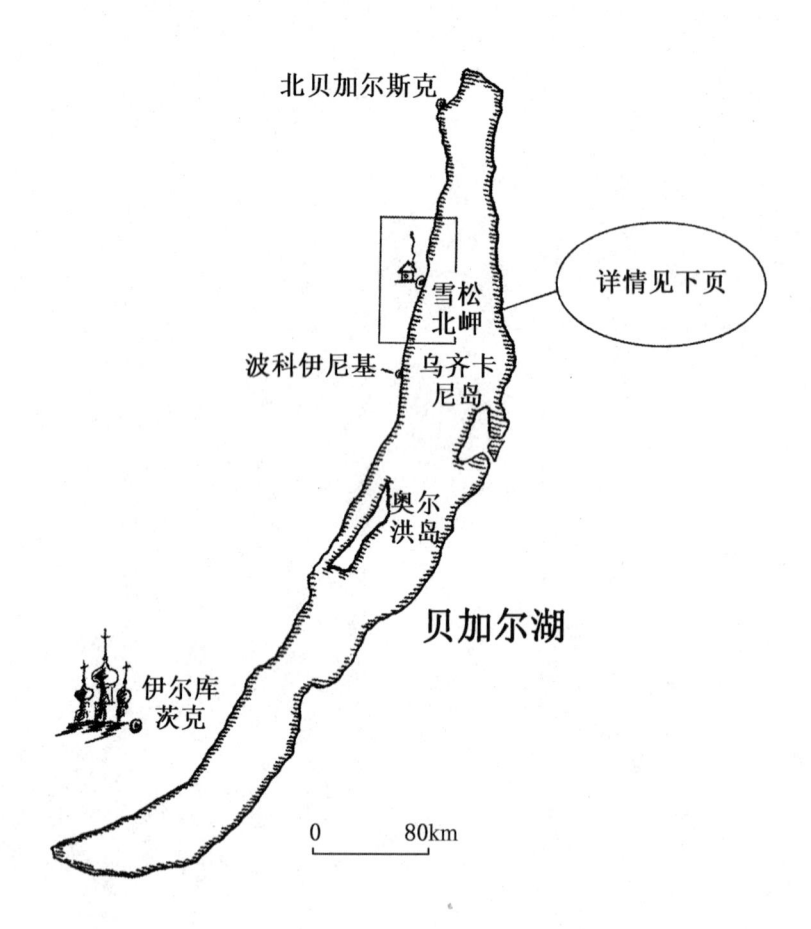

雪松北岬

详情见下页

波科伊尼基　乌齐卡尼岛

奥尔洪岛

贝加尔湖

伊尔库茨克

0　80km

希波利托夫小屋

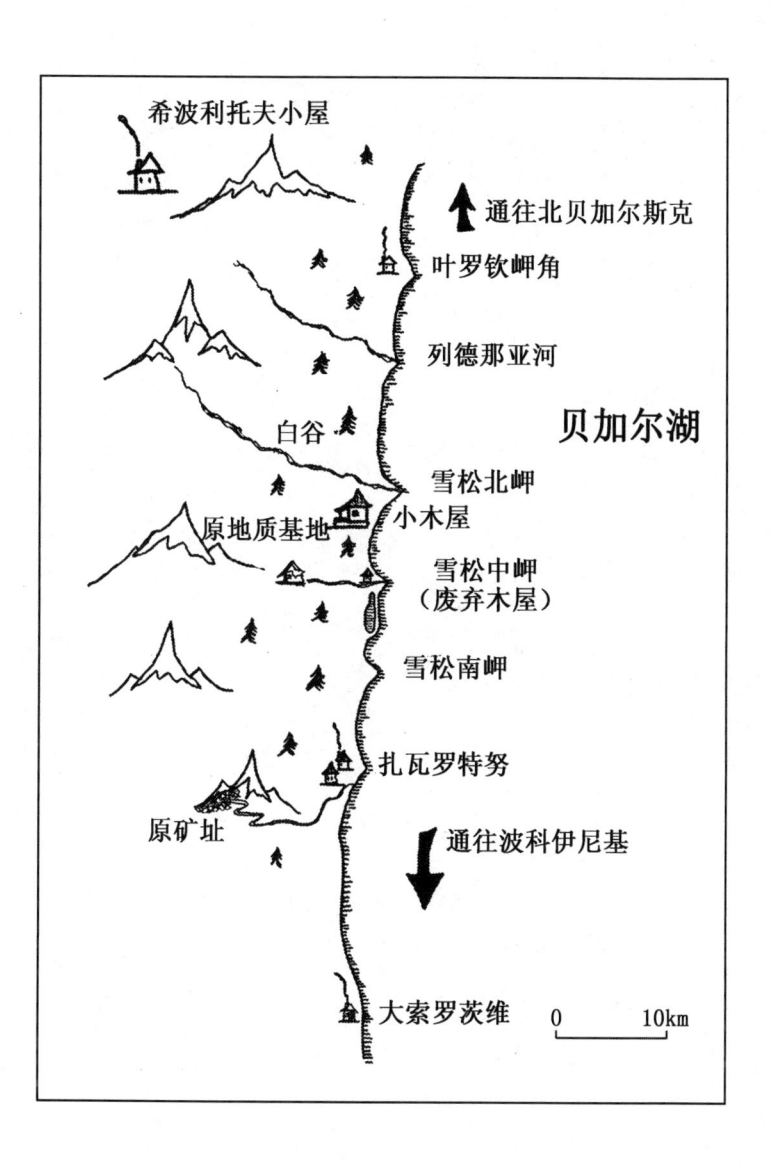

通往北贝加尔斯克

叶罗钦岬角

列德那亚河

白谷

贝加尔湖

雪松北岬
小木屋

原地质基地

雪松中岬
（废弃木屋）

雪松南岬

扎瓦罗特努

原矿址

通往波科伊尼基

大索罗茨维

0　10km

因为我属于森林,属于孤独。

　　——克努特·汉姆生,《牧羊神》

自由总是存在的,只需为之付出代价。

　　——亨利·德·蒙泰朗,《笔记,1957》

目 录

1	二月	森林
45	三月	时光
101	四月	湖泊
135	五月	野兽
175	六月	泪水
211	七月	平和

二月

森　林

亨氏品牌旗下销售约十五种番茄酱，伊尔库茨克的超市里一应俱全，让我不知如何选择。我已经用意大利面和塔巴斯科辣椒酱装满了六辆购物车。蓝色卡车正等着我。司机米沙没有熄火，因为外面的气温是零下三十二摄氏度。明天，我们将离开伊尔库茨克，花三天时间抵达湖泊西岸的小屋。今天必须完成购物。我选择了亨氏系列的"超辣酱"，共十八瓶，每个月三瓶。

十五个品种的番茄酱。正是由于这类事情，我才想离开这个世界。

二月九日

我躺在自己在无产者大街妮娜家的床上。我喜欢俄罗斯街道的名称。村里能看到"劳动路"、"十月革命路"、"爱国者路"，有时还有"热情路"，路上走着无精打采、头发灰白的斯拉夫老妇人。

妮娜是伊尔库茨克最棒的旅店房东。她曾是钢琴家，在苏联的音乐厅里演奏,如今经营着一家旅舍。昨天她对我说:"当初谁能想到,有一天我会变成一个煎饼工场呢?"妮娜的猫在我的肚皮上打着呼噜。如果我是一只猫的话,我也知道在谁的肚皮上取暖。

我正站在一个长达七年的梦的入口。二〇〇三年,我第一次在贝加尔湖畔暂住。在湖岸漫步时,我发现了一些规则分布的小屋,居住其中的隐者异常快乐。清寂一人隐匿在森林荫庇下的想法慢慢爬上我的身躯。七年后,我来到了这里。

我费了好大力气才把猫推开。起床需要惊人的力量,在改变人生之际尤其如此。人在伸手即可触及渴望之物时,却会产生转身逃离的愿望。有些人在关键时刻掉头退却了,我怕自己也属于这一类人。

米沙的卡车装得满满当当。要到达湖畔,得花五小时穿越冰冻的荒原:我们仿佛在凝固的波浪中上下颠簸。山脚下的村庄炊烟袅袅,湖畔浅滩雾气蒙蒙。马列维奇曾在这样的景象前写道:"任何穿越西伯利亚的人都无法再认为幸福是理所当然。"当我们来到一座小丘顶时,湖泊便呈现在眼前。我们停下车,小酌一番。四杯伏特加下肚后,一个问题浮现脑海:怎样的奇迹才使得湖岸线与水的边界如此美妙地吻合?

让我们用统计数据来解决:贝加尔湖长七百公里,宽八十公里,水深一千五百米,历经两千五百万年。冬季,冰层厚度可达一百一十厘米。但太阳可不管这些数据,它向白茫茫的大地散播着自己的爱意。光束穿透云层,在雪地上投下流转的光斑:死尸的脸颊焕发了光彩。

卡车驶上冰面。轮胎底下就是一千米的深潭。如果掉进冰缝,这台机器将沉入黑暗深渊,人体将悄无声息地直坠水底。溺亡者组成了一场缓慢飘落的雪。对于惧怕腐朽的人来说,贝加尔湖是一座梦想中的墓穴。詹姆斯·迪恩希望在死后留下"美丽的死尸"。贝加尔水蚤这种小虾会在二十四小时内清理完尸首,只在湖底留下象牙般的白骨。

二月十日

我们在奥尔洪岛(按北欧人的发音为奥尔洪恩)上的库吉尔村过了夜,然后继续向北。米沙不发一语。我欣赏沉默的人,这能让我想象他们在思考什么。

我正驶向自己的梦想之地。四周气氛惨淡,严寒散开发丝,任其在风中狂舞,雪霰在车轮前逸散,狂风充斥着天空与冰面之间的缝隙。我注视着湖岸,试着不去想自己将在这安魂曲般的森林中度过六个月。这里具备了西伯利亚流放场景中的一切要素:广袤的空间,惨白的色调,裹尸布一般的冰雪。一些无辜的人曾被扔进这个梦魇长达二十五年,我却能按自己的意愿小住。还有什么可抱怨的呢?

米沙:"好悲伤。"

然后仍是沉默,直至次日。

我的小屋位于贝加尔湖—勒拿河保护区的北部,建造于一九八〇年代，过去是地质学家的简易住所。小屋建在雪松林中的一片空地上。在地图上，这个地方也因树得名："雪松北岬"。"雪松北岬"听起来像是养老院的名字。不管怎样，我的确处于退隐状态。

在湖面上行驶是一种忤逆行为，只有神灵和蜘蛛才能在水面行走。我曾有三次打破禁忌的感觉。第一次是在凝视着被人类抽干的咸海海底时；第二次是在阅读一位女性的私密日记时；第三次就是在贝加尔湖的水上行驶。每一次我都感觉似乎在撕扯一幅面纱，或是将眼睛凑在锁孔前偷窥。

我向米沙解释了这一切，他毫无回应。

当天晚上，我们在位于保护区中心的波科伊尼基科学站留驻。

谢尔盖和娜塔莎是这个站点的看护。两人如同希腊天神一样俊美，不过衣冠楚楚。他们已在此地生活了二十年，任务是追捕偷猎者。我的小屋位于他们的住所以北五十公里。我很高兴有这样的邻居。我将愉快地想起他们。他们的爱就是西伯利亚寒冬中的一座岛屿。

和我们一起度过这个夜晚的还有他们的两位朋友，萨沙和尤拉。这两位西伯利亚渔民呈现了陀思妥耶夫斯基笔下的两类人。萨沙血压高，面色红润，生气十足。他那蒙古人种眼睛的深处隐藏着坚毅的目光。尤拉则是个阴沉的拉斯普京式的人物，以泥中的鱼为食，皮肤像托尔金所写的魔多居民那样苍白。前一个人注定喧哗吵闹，后者则专注于筹谋。尤拉已经十五年没进城了。

二月十一日

清晨,我们又驶上了冰面。森林不断在车窗外掠过。我十二岁时去凡尔登参观了一战博物馆,"贵妇小径"展厅的景象仍历历在目:战壕里的法国兵浑身覆盖着厚厚的一层泥浆。这天早晨的森林就像一支被淹没的军队,只有刺刀林立在外面。

冰层吱嘎作响,受它的运动挤压,冰面爆裂开来,在水银般的平原表面划下道道冰纹,发出清脆的噼啪声。如同玻璃破裂,流淌着蓝色的血。

"好美。"米沙说。

然后仍是沉默,直到晚上。

十九点时,我的岬角出现了。雪松北岬。我的小木屋。GPS坐标为:北纬54° 26′ 45.12″/东经108° 32′ 40.32″。

河滩上有黑魆魆的小小人影向前走来,还有狗,他们是来迎接我的。勃鲁盖尔画过这样的乡下人。冬季使一切都变成了荷兰油画:精细而有光泽。

下雪了,夜幕随之降临,将这一片白完全变成恐怖的黑暗。

二月十二日

护林员沃罗迪亚·T五十多岁,和妻子柳德米拉在雪松北岬的小屋里住了十五年。他戴着茶色的玻璃眼镜，面容和蔼。有些俄罗斯人看起来像野蛮人，而他呢，人们可以把一只小熊交给他照看。沃罗迪亚和柳德米拉想回到伊尔库茨克，因为柳德米拉患有静脉炎，必须治疗。和那些喝饱了茶的俄罗斯妇女一样，她的皮肤白得像青蛙的肚皮：细细的血管在珍珠色的皮肤下蜿蜒。他们等我到达后就将离开。

小屋在雪松林中冒着烟。雪给屋顶覆上了一层蛋白霜，梁柱则呈现出香料蜜糖面包的颜色。我饿了。

房屋背靠两千米高的山峰。泰加森林向顶峰攀登，但只得止步于一千米处，再往上就是岩石、冰雪、天空的领域。屋后便是耸立的山峰。贝加尔湖海拔四百五十米，我从窗口就能看见湖岸。

每隔三十公里均设有储备站，居住在那里的护林员全由谢尔盖管辖。往北走，叶罗钦岬角的邻居名叫沃罗迪亚。向南，住在扎瓦罗特努小屋里的也叫沃罗迪亚。令人感伤的是，此后当我需要找个同伴碰一杯时，只需向南走一天，或者往北走五小时。

护林员主管谢尔盖从波科伊尼基和我们一同来到这里。下车后，我们静静地凝望着壮阔的景色，然后他指着自己的太阳穴，对我说："这是个自杀的绝佳地点。"车上还有我的朋友阿尔诺，他从伊尔库茨克一路陪我来到这儿。他已经在那里生活了十五年，还娶了城里最漂亮的女人。她梦想着蒙田大道和戛纳，所以当她发现阿尔诺只想在泰加森林里奔跑时，便离开了他。

随后的几天里，我们将一起为我的隐居生活做准备。然后，朋友们将离开，独留我一人。不过眼下我们得卸下物资。

六个月林间生活的必需物资：
斧头和砍木斧
篷布
黄麻布袋
冰镐和杓斗
冰鞋
雪鞋
小艇和短桨
鱼竿，钓线，沉子
鱼饵和匙钩
成套厨房用具
茶壶
手摇冰钻
绳索
匕首和瑞士军刀
磨刀石
油灯
煤油
蜡烛

GPS，指南针，地图

太阳能电板，缆线和充电电池

火柴和打火机

登山背包

水手肩包

毡毯

睡袋

高山装备

面部防蚊罩

手套

毡靴

登山冰镐

防滑尖铁

药品（十盒扑热息痛，以缓解伏特加引发的症状）

锯子

锤子，钉子，螺丝，锉刀

为七月十四日准备的法国国旗

手持防熊烟火

信号枪

防雨斗篷

炉箅

折叠锯

帐篷

地毯

头灯

零下四十度用的睡袋

加拿大骑警外套

塑料小雪橇

钉鞋

护胫靴

伏特加和酒杯

为前一样物品短缺时预备的九十度酒精

私人书库

雪茄，小雪茄，亚美尼亚纸，用做加湿器的特百惠罐子

圣像（萨罗夫的圣塞拉芬，圣尼古拉，罗曼诺夫王朝的末代皇室家庭，沙皇尼古拉二世，黑色圣母像）

木箱

望远镜

电子设备

笔记本和笔

食品（六个月所需的意大利面，大米，塔巴斯科辣椒酱，军粮饼干，水果罐头，辣椒，胡椒，盐，咖啡，蜂蜜和茶）

可笑的是，决定在木屋生活时，我们想象自己在蓝天下抽着雪茄，迷失在沉思中，最后却发现自己在后勤记录簿上的食品清单前打着勾。生活，就是柴米油盐。

我推开木屋的门。丽光板在俄罗斯大获全胜。七十年的历史唯物主义剥夺了俄罗斯人的一切美感。糟糕的品位从何而来？为何要铺油毡，而不是以其本来面目示人？媚俗风格如何席卷了世界？人们对丑陋趋之若鹜正是全球化的主要现象。要想说服自己，只需去一个中国城市走走，观察一下法国邮政的装修新规或是游客的衣着。恶劣的品位已成为人性的共通点。

在阿尔诺的帮助下，我用两天时间扯下了覆盖着墙面的油毡、漆布、聚酯纤维防雨布和塑料纸，用起钉器撬开了硬纸镶板。剥去这些装饰后，露出了挂着珍珠般圆润树脂的原木，还有浅黄色的镶木地板，与梵高在阿尔勒的房间有同样的色调。沃罗迪亚目瞪口呆地盯着我们，他不觉得裸露的琥珀色木材比漆布更加悦目。他听着我向他解释。我这个资产阶级人士竟然强辩镶木地板比丽光板优越。唯美主义是一种反动的不正常心态。

我们从伊尔库茨克带来了一扇双层玻璃黄松木窗，替换原先使木屋散发着警察局色彩的窗格。为了把它安装上去，谢尔盖用电锯在木墙上切开一个口。他工作起来劲头十足，一刻不停，也不计算角度，同时还得不断纠正自己因匆忙而造成的失误偏差。俄罗斯人总是急匆匆地建造东西，就像法西斯士兵随时准备冲刺一样。

散落在俄罗斯大地上的村庄居民总感觉自己的处境脆弱不堪，童话里的小猪也同样担心它的茅草屋吧。生活在冰沼中央的四堵木墙间能使人变得谦逊。这些小屋并不是为子孙后代而建的，它们只是在北风中摇摇欲倒的陋室而已。罗马人的建筑是为了流传千古，俄罗斯人则是为了过冬。

在狂风暴雨中飘摇的小木屋是个火柴盒。身为森林的女儿，它的命运注定是腐朽溃烂：组成墙壁的原木原本就是这片林子的树木，现在则变成了小屋所在的林中空地。被主人遗弃的木屋终将化为腐殖土。它虽然简单，却提供了抵御这个严寒季节的最佳保护，也并未破坏庇荫着它的树林的美感。它和蒙古包、爱斯基摩雪屋一样，是人类面对恶劣环境时给出的最精彩的回答。

二月十三日

又花了十个小时清理堆满垃圾的林间空地。清扫拭尘，使神明回归。俄罗斯人将过去一笔抹杀，对废品却恋恋不舍。扔东西？"那还不如去死"，他们这样说。为什么扔掉一台拖拉机的发动机？它的活塞还能用做房屋装饰呢！苏联的领土布满了五年计划留下的废物：废弃的工厂，机床，飞机残骸。许多俄罗斯人生活的地方近乎于工地或是废车场，但他们"看不见"那些废品，从心理上忽视摊开在眼前的景象。"抽离"[①]（撇开……）这个动词正是人们居住在垃圾场时最要紧的一个词。

---

① 原文为拉丁文。

二月十四日

最后一个箱子是一箱书。如果有人问我为什么把自己封闭在这儿,我会回答说,因为我有书来不及读。我在床架上方钉了一块松木板,摆上自己的书,共有六十多本。我在巴黎时无比认真地列了一张完美的书单。当人们担心内心世界贫乏时,应该往里面加入好书:自身的空虚总是可以弥补的。错误则在于只选择艰涩的读物,以为林中生活能使你维持极高的精神状态。但如果在飘雪的午后只有黑格尔相伴的话,时间将会极其漫长。

在我出发前,一位友人建议我带上红衣主教莱兹的《回忆录》和毛杭的《富凯》。但我早就知道,旅行时绝不能带上与目的地有关的书籍。在威尼斯可以读莱蒙托夫,但到了贝加尔湖,则应读拜伦。

我清空了书箱,其中有为遐思而准备的米歇尔·图尼埃,为忧郁而带来的米歇尔·代翁,为肉感而准备的劳伦斯,为冷冽而带来的三岛由纪夫。我还有一小辑关于森林生活的书:激进的格雷·奥尔,神秘的丹尼尔·笛福,道义的奥尔多·利奥波德,还有哲学的梭罗,但他那责任感十足的新教徒式冗长说教让我有些厌倦。惠特曼则使我着迷:他的《草叶集》是上天的惠赠。荣格尔是"回归森林"这一词汇的发明者,我有他的四五本书。此外还有些诗歌、哲学:尼采,叔本华,斯多葛派。萨德和卡萨诺瓦则是为了给自己一些刺激。还有一些黑色系列的侦探小说：有时也得喘口气。德拉绍与尼埃斯莱出版社关于鸟类、植物和昆虫的几本博物学手册。当我们不请自来地闯进森林时，最起码应该知道主人的姓名。冷漠是一种冒犯。如果有人闯进我的公寓强住下来，我希望他们至少能称呼我的名字。我那几册七星文库书的切口在烛火中闪着光。书籍也是圣像。生平第一次，我将一口气读完一本小说。

《地狱码头》，英格丽·阿斯提耶尔

《查泰莱夫人的情人》，D.H. 劳伦斯

《论绝望》，克尔凯郭尔

《雪中足印》，埃里克·罗姆

《会走路的剧院》，菲利普·芬维克

《阿加菲娅的消息》，瓦西里·佩斯科夫

《印第安溪》，皮特·弗洛姆

《沉醉于上帝的人》，雅克·拉加里埃尔

《星期五》，米歇尔·图尼埃

《一辆淡紫色出租车》，米歇尔·代翁

《闺房哲学》，萨德

《吉尔》，德里厄·拉罗谢尔

《鲁滨逊漂流记》，丹尼尔·笛福

《冷血》，杜鲁门·卡波特

《小木屋的一年》，奥拉夫·冈多

《婚礼集》，加缪

《堕落》，加缪

《南海鲁滨逊》，汤姆·尼尔

《一个孤独漫步者的遐想》，卢梭

《我的一生》，卡萨诺瓦

《人世之歌》，吉奥诺

《富凯》，保罗·毛杭

《笔记》，蒙泰朗

《消逝的七十年》卷一，荣格尔

《反叛的契约》，荣格尔

《戈耳狄俄斯之结》，荣格尔

《方法，药剂和陶醉》，荣格尔

《非洲游戏》，荣格尔

《恶之花》，波德莱尔

《邮差总按两次铃》，詹姆斯·M.凯恩

《诗人》，迈克尔·康奈利

《染血之夜》，詹姆斯·艾尔洛伊

《夏娃》，詹姆斯·哈德利·蔡斯

《斯多葛派》，七星文库

《血腥的收获》，达希尔·哈米特

《物性论》，卢克莱修

《永恒回归的神话》，米尔恰·伊利亚德

《作为意志和表象的世界》，叔本华

《台风》，康拉德

《颂歌》,谢阁兰

《朗塞传》,夏多布里昂

《道德经》,老子

《玛丽恩巴德悲歌》,歌德

《短篇小说全集》,海明威

《瞧！这个人》,尼采

《查拉图斯特拉如是说》,尼采

《偶像的黄昏》,尼采

《星·雪·火：北方野地的二十五年》,约翰·海恩斯

《最后的边境》,格雷·奥尔

《孤独小屋的契约》,安托万·马塞尔

《世界中心》,桑德拉尔

《草叶集》,惠特曼

《沙乡年鉴》,奥尔多·利奥波德

《苦炼》,尤瑟纳尔

《一千零一夜》

《仲夏夜之梦》,莎士比亚

《温莎的风流娘儿们》,莎士比亚

《第十二夜》,莎士比亚

《圆桌故事》,克雷蒂安·德·特鲁瓦

《美国黑匣子》,莫里斯·G.唐提克

《美国精神病人》,布莱特·伊斯顿·埃利斯

《瓦尔登湖》,梭罗

《不能承受的生命之轻》，昆德拉

《金阁寺》，三岛由纪夫

《黎明的允诺》，罗曼·加里

《走出非洲》，卡伦·布利克森

《冒险者》，约瑟·吉奥瓦尼

我从伊尔库茨克出发后的第六天，朋友们的卡车纷纷消失在天际。对于一个遇上海难、被抛到岸边的人来说，没有什么景象比逐渐消逝的船帆更刺痛人心了。沃洛迪亚和柳德米拉将前往伊尔库茨克开始新生活，而我则等待着他们回头向小木屋看上最后一眼。

他们没有回头。

卡车只剩下一个小黑点儿。我独自一人。山峦似乎更加严峻，四周的景致也浓墨重彩地显现出来。这片土地扑面而来。人类总能攫取其同类的注意力，这实在有些疯狂。他人的存在使世界变得索然无味，而孤独则是一种胜利，使人重新开始享受万物。

温度为零下三十三摄氏度。卡车融入浓雾。寂静化为小小的白色碎屑从天而降。独自一人，便能听见静寂。一阵风。霰雪模糊了视野。我吼了一声，张开双臂，面朝冰冷的空洞，然后回到温暖之地。

我已经抵达人生的站台。

我将终于知道，我是否拥有内心生活。

二月十五日

第一个孤单的夜晚。起初,我不敢多动弹。未来日子的愿景麻醉了我。晚上十点,爆炸声划破静寂。空气变得灼热,天空飘着雪,温度只有零下十二摄氏度。俄军炮兵部队猛烈轰击着湖面,小木屋则无比剧烈地震动着。我走到户外,进入这短暂的回暖,听着那令人摇摇晃晃的猛击声。水流使浮冰晃荡起来。

被囚禁的水乞求获得解脱。冰隔在生物(鱼类、花与海藻、海洋哺乳动物、节肢动物和微生物)和天空之间,形成生命与星辰中间的一道屏障。

小木屋长宽均为三米,靠一只生铁炉子取暖,它将成为我的朋友。我接受了这位同伴的呼噜声。炉子是世界的轴心,一切都围绕着它来组织。这是位自身具有生命的小小神灵。当我把木柴作为祭品奉献给它时,是在向掌握了取火方法的直立人致敬。巴什拉在《火的精神分析》中猜想,用两根小棒摩擦点燃乱麻的灵感来源于爱抚。人在亲吻时可能对火有了预感。知道这一点很不错。为了止住力比多,只需盯着炭火就行了。

我有两扇窗户。一扇朝南,一扇朝东。在朝东的那扇窗框中,可望见一百公里外布里亚特那些盖满雪的山脊。从另一扇窗望去,越过一棵倾斜松树的树枝,我能看到湖湾向南弯曲的曲线。

我的桌子顶着朝东的窗户，按照俄罗斯的风格，与窗同宽。斯拉夫人能坐上几个钟头，盯着水汽在窗格上凝成水珠。他们有时站起身来，入侵某个国家，闹革命，然后回到暖气过热的房间里，在自己的窗前继续梦想。在冬天，他们没完没了地啜着茶，并不急于出门。

二月十六日

正午，室外。

天空为泰加森林撒上了粉雪，使青铜色的雪松柔和起来。冬季的森林如同起伏的大地肩披的银色皮毛。植物的波浪覆盖着山坡。树木渴求着入侵一切地方。森林是缓慢起伏的波涛。在每个起伏处，白色的树冠因黑影而黯淡下来。

为什么人更青睐于抽象的空想，而不是雪晶的美感呢？

二月十七日

今早八点十七分，太阳已栖居在布里亚特的山脊之上。一道阳光透过窗子，照在木屋的原木上。我当时躺在睡袋里，还以为是木头在流血。

炉子里的最后一丝火苗约在凌晨四点熄灭。黎明时分，房间里冷得像冰。必须起床点火：这两个动作标志着从人科到人类的转变。我的一天从吹火炭开始，然后继续睡，直到小木屋像只鸡蛋一样温热为止。

上午，我擦拭了谢尔盖留下的武器。这是一把海难船员使用的信号枪。枪口能喷发出炫目的磷光，打消熊或擅入者的气焰。

我没有步枪，也不狩猎。首先是因为自然保护区规定禁止狩猎。此外，我认为，作为来客，生生地将森林里的生物除掉，是一种令人厌恶的粗暴行为。你会喜欢陌生人来攻击你吗？而且，看到比自己更英俊、更高贵、更健美的生物在高山森林中自由漫步，我并不会感到不快。

这里并不是尚蒂伊。当偷猎者遇上护林官而开始辩驳时，手中都紧攥着枪支。谢尔盖巡逻时总是带着猎枪。湖边有些坟墓写着护林员的姓名。一方简单的水泥墓碑，有些塑料花做装饰，有时还有一枚镶嵌着死者照片的金属圆章。偷猎者则没有坟墓。

我想到了水貂的命运。在林中出生，熬过严冬，掉进陷阱，最后成为庸俗妇人肩头的大衣，如果把这些自命不凡的女人扔进森林，可能熬不过三分钟……但愿这些披着毛皮的女人像那些因为她们而被剥皮的鼬科动物一样优雅。五天前，谢尔盖告诉我一件事。伊尔库茨克州州长醉心于乘直升机去贝加尔湖的森林猎熊，但他的米-8直升机因遇上狂风而失去平衡，坠毁了。最终八人死亡。谢尔盖说："熊一定会围着火堆跳起波尔卡。"

我的另一样武器是一把车臣制造的匕首。这是一把漂亮的木柄短刀，白天我从不离身。晚上，我把它放在床架上方的木板上，而且塞得够深，以免它在我做梦时掉下来捅穿肚皮。

二月十八日

我想和时间解决长久以来的争执。我曾在步行中找到放缓时间的方法。旅行的炼金术使每分每秒变得更加厚重，路上度过的时光比其他时间过得慢。被疯狂攫住的我必须寻找新的天地。我着迷于机场，因为那里的一切都劝诱着我们出走、离开。我幻想着在航站楼里度过余生。我的旅行总是以逃离开始，以对时间的追逐而结束。

两年前，出于偶然，我有机会在贝加尔湖畔的一座小木屋里度过三天时间。一位名叫安东的护林员在他那座位于湖泊东岸的巴掌大的小屋里接待了我。他戴着远视眼镜，被镜片放大的眼睛给了他一种两栖动物似的快乐神情。我们晚上下象棋，白天，我帮他拖渔网。我们几乎不交谈，但却大量阅读——我在读于斯曼，他读的则是海明威（他把这名字念成黑明威）。他灌下成升的茶，我则去林中散步。阳光泻进小屋，一些大雁趁秋季南迁。我想起了我的家人。我们一起听收音机，播音员正播报索契的温度。安东说："黑海应该挺好的。"他不时往炉子里扔一根木柴，等到长日已尽，便取出棋盘。我们一边小口啜饮克拉斯诺亚尔斯克伏特加，一边两军对垒。我总是执白子，而且常输。这些无穷无尽的日子很快就过去了。在离开这位朋友时，我想："这就是我需要的生活。"旅行再也无法给予我的东西，应该向静止去索取：那就是平和。

就在那时，我立誓要在小木屋里独自生活几个月。寒冷、寂静和孤独的状态将来会比黄金更加贵重。在人口过剩、气温过热、喧闹的地球上，森林小屋将是世外桃源。一千五百公里以南就是跃动的中国。十五亿人口已经准备迎接缺水、缺木材、缺空间的未来。住在世界上最大的淡水库旁的森林中，这是一种奢侈。总有一天，那些在豪华酒店的大理石大堂里愁眉不展的沙特石油商、印度新贵和俄罗斯商人将明白这一点。到那时，就应该前往更高纬度的地区，直到苔原地带。幸福将位于北纬六十度以北。

逍遥栖居在荒野林间比在城市中日渐萎靡强得多。地理学家埃利兹·勒克吕——同时也是一位无政府主义理论家和文笔优美的过气作家——在《人与地球》第六卷中阐述了一个天才的想法：人类的未来将在于"文明与野蛮的完美结合"。我们不必在对技术进步的渴求与对处女地的企望之间做出选择。林中生活为复古派和未来主义的和解提供了理想的土壤。在森林中，在最接近腐殖土的地方，永恒的生命正在延续。在这里，我们重新接触到真实的月华，我们遵循森林的法则，但也不必放弃现代化带来的安逸。我的木屋就是进步与古老的融合。在出发前，我在文明的超市里挑了幸福生活必不可缺的几样东西——书籍，雪茄，伏特加：我将在粗犷的森林中享受这些。我执着于勒克吕的预感，所以给小木屋安装了太阳能电板，为一台小型电脑提供能源。我的电子芯片吞食的是光子。我在观雪时听舒伯特，在砍完木柴后读马可·奥勒留，为庆祝晚上的捕鱼成果而抽上一支哈瓦那雪茄。埃利兹会很满意的。

布鲁斯·查特文在《我在这儿干什么》中引用了荣格尔的一句话，而后者则是引用了司汤达："文明的艺术在于将最精致的趣味与永恒存在的危险相互联系起来。"这与勒克吕的论断形成了共鸣。关键在于掌好生活的舵，穿越各个矛盾世界之间的界线，在愉悦与危险、俄罗斯冬季的寒冷与火炉的热力之间保持平衡。绝不安定下来，永远在感官的各个极端中摇摆。

林中生活可以让人还清欠债。我们呼吸，吃水果，采花，在河水中沐浴，然后在某一天死去，却没有向地球付清账单。人的一生是在吃白食。理想的活法是像斯堪的纳维亚传说中的精灵那样不在欧石南上留下一丝痕迹地穿越荒野。我们应当把贝登堡的建议立为原则："离开宿营地时，记住留下两样东西。第一是无物。第二是感谢。"什么是关键呢？别给这颗星球造成太大负担。幽闭在原木小屋里的隐士并不污染地球。他立在木屋门前，观赏季节跳着永恒回归的快步舞。他不靠机器，却锻炼了身体。切断了一切联系，却破译了树木的语言。他从电视中解放出来，却发现窗户比屏幕更加透明。他的木屋点缀了湖岸，也提供了舒适的生活。某一天，我们将厌倦谈论"减少增长"和对自然的爱，却希望整理好自己的行动和思维。停止那些关于森林的空话，离开城市的时候到了。

木屋是个简化的王国。松林荫庇下的生活简缩为一些根本性的行为。从日常杂务中解放出来的时间被休憩、凝视和各种小幸福所占据。需要完成的事项减少了。读书、汲水、砍柴、写作、沏茶成为礼拜仪式。在城市中，每个动作的进程都得牺牲上千个其他行为。森林则将城市所分散的集中了起来。

二月十九日

晚上九点，我坐在窗前。腼腆的月亮寻找着灵魂伴侣，但天空空无一物。我曾妄图扼住每一秒钟的脖颈，逼它吐出吞下的时间，榨取它的汁液，而现在，我学习着凝视。皈依僧侣般静默境界的最佳途径是被困在其中。茶杯在手，坐在窗边，任由时间浸润，欣赏风景呈现的细微变化，什么都别再想，攫取一闪而现的灵光，将其付诸笔记本。窗棂的作用是邀请美景入内，让灵感出来。

我就这样以梵高所画的加歇医生的姿势过了两个钟头：手托腮帮，眼望虚无。

突然，一阵隆隆声在寂静中越来越响，雪亮的光束穿透夜晚。一队车辆在冰上向北行驶。我用望远镜分辨出十几辆车正朝我所在的湖滩驶来。二十分钟后，八辆饰有广告牌的四驱车在湖岸列为一排。这些都是伊尔库茨克的要人，普京的党派——统一俄罗斯党——的成员。他们正在进行环湖八日行。几个月后我才知道,其中包括一名俄罗斯联邦安全局成员、州长的几名亲信和一个自然公园的负责人。他们的轮胎扎进了通往湖滩的雪坡。这些人似乎对粉雪毫不在意。在雪上行走,那是无法容忍世界的纯洁。第一步是扎上雪坡,下一步就是对波兰人开膛破腹。

引擎旋转着,收音机则播放着娜蒂娅的歌,这位萝莉成了全球化的青少年偶像,受到俄罗斯乡野村夫的大肆崇拜。我感到十分沮丧。

我躲在木屋里,试图用二百五十毫升克德罗瓦亚伏特加刺激自己的神经。我听见那些家伙在冰上嚎叫。他们凿了一个洞,然后在摄像机灯的光束的照耀下,一个接一个大喊着跳进冰水里。这只能抵得上车臣兵营里的新兵第一次被捉弄的程度吧。

我来这里逃避的东西正猛击着我的小岛:噪音、丑陋、过剩的睾丸素。而我这个可怜的傻瓜,我那些关于简单生活的长篇大论,以及桌上的那本让-雅克的《一个孤独漫步者的遐想》!我想到了那些不得不引导游客参观的本笃会隐修士,这些僧侣来隐修院封存信仰,却发现自己在向毫无兴趣的人详解圣本笃的戒律。

公元四世纪,沙漠长老们痴迷于孤独,无法容忍任何外来的纷扰。他们隐退到沙漠深处,在岩洞中避世。他们的爱全部奉献给了与其相似的同类所组成的虚无世界。在法国郊区,有时会出现一个家伙向一群年轻人扫一梭子铅弹。他的下场则是匆匆掠过《巴黎人报》的社会新闻,然后进了监狱。

为了让我的血液冷却下来,我出门走上湖面,那些俄罗斯人则疯狂地玩起了汽车拉雪橇。我往布里亚特方向走了两公里,然后在冰面上躺了下来。我正躺在一片寿命达两千五百万年的液体化石上。夜空中的繁星比它更要老一百倍。我三十七岁。然后我回到木屋,因为气温是零下三十四摄氏度。

二月二十日

人类离开,野兽回归。

今早最让我高兴的是哪一件事呢?是那伙阴沉的家伙在八点钟离开,还是几分钟后一只黑头山雀轻啄玻璃的来访?

起床时,我因饮酒过度而口干舌黏,仿佛在水上漂浮。昨晚,我为了遗忘而饮酒。我给山雀喂了食,点上炉子,木屋很快热腾起来。我把太阳能电板装在昨天造好的木架上。这些电板过的日子可不坏:从早到晚躺在那儿,面朝美景吸收光子。

袅袅烟雾从茶杯中上升,勾起了许多思绪。

杯前的我想起了妹妹。她的孩子出生了吗?我一点儿消息都收不了。电脑无法承受这里的温差,已经在前天崩溃了。我的卫星电话则什么都接收不到。临行前,我在巴黎浪费了很多宝贵时间配置这些技术设备。我本该深信德尔苏·乌扎拉的哲学:在森林里,可靠的东西只有斧子、炉子和匕首。失去电脑的我只剩下思想了。回忆和其他东西一样，也是一种电子脉冲。

二月二十一日

零下三十二摄氏度。水晶般的天空。西伯利亚的冬天如同韦索斯笔下冰宫殿的天花板：荒瘠而纯净。

前天的那群野蛮人洗劫了一切。他们捅进雪堆，在四处都留下路过的痕迹。只有一场令湖岸恢复明净的暴风雪能使我平复下来。

木屋以南约五十米处有一座"班亚"，是个长宽均为五米的棚屋，用炉子加热。沃罗迪亚去年造了这个棚屋，加热四小时，它的温度能升到八十摄氏度。"班亚"是斯拉夫人的桑拿，它展示了俄罗斯人对温度的蔑视。身体不经过渡便从火转换到冰。二十分钟的蒸烤后，我出了"班亚"。室外零下三十度的低温驱散着累积的热量。冰冻紧勒住我的颅骨，必须马上回去。"班亚"寓意着我们为不断追寻更高的生活水平而度过的生命。我们推开门，以为触及了幸福，但很快又掉头寻找原先的生活，而后者迅速再次成为我们的负担。

俄罗斯人每周会躲进"班亚"一两次，以摆脱废渣。热量像挤柠檬一样压榨着身体。所有的怨恨都烟消云散，不良的脂肪、污垢、酒精都渗透出来。

晚上六点，风暴逐渐形成。我光脚穿着毡靴返回小木屋。

手持油灯的我仍记得古拉格①政治犯的故事，他们在一个暴风雪的夜晚出去撒尿，然后便迷了路，再也回不到藏身之处。早晨，人们在离棚屋五十米的地方发现了他们的死尸。我灌下一升滚烫的茶。"班亚"是绝对的奢侈品。我成了一个新人。给我一把铁锹和一面红绸，我将建起社会主义。

晚餐是一碗米饭和塔巴斯科辣椒酱，半根香肠，半升伏特加，甜品则是月亮。它挂在山脊之上，品味着自己的哀愁。我出门向这轮如母亲一般守护着隐修士睡眠的大圆球致敬。然后，我满怀着对那些既没有木屋也没有"班亚"或洞穴的野兽的怜悯入睡了。

二月二十二日

林中生活是种逃避吗？"逃避"是那些陷入习惯泥坑的人对生命冲动的叫法。或者是一种游戏？那是当然！否则，该怎样称呼带上一箱书和一双雪鞋，自愿在森林湖畔过上一段隐居生活的行为呢？是寻觅吗？这个词太广。实验？从科学层面上说，是的。小木屋是一座实验室，一个加速我对自由、静寂和孤独的向往的实验台，自创一种慢生活的试验田。

生态理论家们宣扬减少发展的观念。在一个资源逐渐稀少

---

① 古拉格，苏联政府的一个机构，负责管理全国的劳改营。后指代苏联所有形式的政治迫害。

的世界里，我们无法继续追求无止境的增长，因此必须放慢速率，简化生活，减少需求。现在，我们可以自愿接受这些改变；明天，经济危机将把它们强加给我们。

减少发展永远不会成为政治上的选择。要实施它，需要一位明智的独裁者。试想，哪位长官有勇气向民众强加这种疗法呢？他该如何使大众皈依苦行的美德？说服数十亿中国人、印度人和欧洲人去读塞内加，而非大嚼芝士汉堡？减少发展是个乌托邦：是那些希望遵守营养学法则的人找到的一种诗意的方法。

如果要在奢侈的朴素这一基础上建立生活，小木屋是片理想的土地。隐士的朴素在于既不被外物，也不被自己的同类所困扰，摆脱自己对以往那些需求的习惯。

隐士的奢侈则在于美景。在他目光所及之处，均能发现绝对的壮美。时间的流逝从不会被打扰（前天的事件除外）。技术并不能把隐士束缚在它创造出的需求所形成的火圈之内。

回归森林这种方式只能由少数人进行。隐修论是一种精英主义。奥尔多·利奥波德在《沙乡年鉴》中说明的正是这一点。今早，我一点燃炉子就开始重读这本书："对野性生命的一切保护都注定失败。这是因为，为了珍惜，我们必须看见，必须抚摸，而当足够数量的人看见、抚摸后，也就不再剩下什么可珍惜的东西了。"人群冲进森林，是为了用斧头砍伐。林中生活并非解决生态问题之道。这一现象本身便包含着反证原则。来到森林的大众将带来他们本以为离开城市便能逃避的恶。这是他们无法摆脱的。

　　白昼。一辆捕鱼卡车出现在远方，并在我的窗框中停留良久。接近中午时，我往雪堆里扔了六瓶克德罗瓦亚伏特加。三个月后，雪融之时，我会再发现它们。瓶颈将冒出雪层，比雪花莲更能播报美好日子的来临。这是冬天为春天的永恒回归而送出的礼物。

　　一下午的整理和修葺工作。我钉了几块木板，密封了小木屋的挡雨板，还完成了物资箱的分拣。但今后怎么办呢？等到没有木板要钉、没有箱子要整理的时候呢？

　　十七点，太阳消失在山脊后面。阴影逐渐覆盖了林间空地，小木屋里暗了下来。为对付焦虑，我找到了一种即刻起效的解毒剂：在冰面上走几步。望一眼天际，我就能坚定自己的选择：这座小木屋，这种生活。不知道美能否拯救世界，但它拯救了我的夜晚。

二月二十三日

　　叶夫根尼娅·金斯伯格的《眩晕》记述了她在古拉格的那些年。我在温暖的睡袋中读了几页。醒来时，我的日子一个个地挺立着，完整无损，充满渴望，白纸一片。这样的日子，我还储备了数十天。它们的每一秒钟都属于我。我能按自己的心愿自由支配，使之成为光明、沉睡或忧郁的篇章。没有人能改变这种生存方式的进程。这些日子是将被塑形的黏土生命，而我则是抽象动物园的主人。

我了解登山者攀登峭壁时的垂直眩晕：深渊的景象令人心惊。我记得旅行者在草原上的水平眩晕：逐渐消失的界线使他茫然。我清楚酒鬼在自认为发现一个天才念头时的眩晕：他感觉这个念头在体内不断膨大，而大脑却拒绝让它正确成形。我发现了隐士的眩晕，对现世虚无的恐惧。和在悬崖上感到心脏收缩一样，并非因为脚下有什么，而是因为前方有什么。

在这个无事可做的世界里，我可以自由地做任何事。我望着塞拉芬的圣像。他所拥有的，是上帝。

无论人们如何祈祷，上帝都不会嫌太饱。这是个打发时间的绝妙办法。而我呢？我所拥有的是写作。

早茶后，湖上漫步。由于持续低温，冰面不再出现裂缝。寒冷也凝住了温度计。我继续在冰上前行。我用一根木棍在雪上写下了《雪之俳句》系列中的第一首诗：

雪上留下点点脚印：行走为白布划下长痕。

把诗写在雪地里的优点在于它不会持久。诗句将随风而逝。

距湖岸两点五公里处，冰面上劈开一道裂痕。半透明的冰块在裂缝处堆积。与湖岸平行的斑纹逐渐在远处消失。开口处能听见汩汩声。贝加尔湖受伤了。我顺着这条伤痕走，但与之保持距离，因为人很可能掉到水里。

我的脑海中冒出了亲人的形象。这神秘的精神机理啊，一些脸孔会从记忆中跳出来。在孤独的国度,居住的是对他人的回忆。想到这些,就能抚慰对这些不在场的人的思念之情。我的家人就在那儿,在记忆的一道褶皱里。我能看见他们。东正教徒相信神性的存在,它能下凡到画像中。神性在圣像的材料中流淌,呈现在绘画和油彩的反光之中。画像会产生嬗变。

返回后,我决定建起自己的祭坛。我锯了一块长三十厘米、宽十厘米的木板,把它钉在写字台旁,摆上从伊尔库茨克买来的萨罗夫的圣塞拉芬的三座圣像。塞拉芬在俄罗斯西部的森林里度过了十五年。隐居末期,他为熊喂食,说鹿的语言。我在他的圣像旁边摆上一座圣尼古拉的圣像,一座黑色圣母像,被阿列克谢主教封圣的沙皇尼古拉二世皇家装束像。我燃起一支蜡烛和一支帕塔加斯喜维亚四号,凝视着烛光透过哈瓦那雪茄的烟雾将相框染成蜜色。雪茄乃是世俗的乳香。

至此,小木屋的布置工程完成了。我已经整理了最后一个箱子。我躺在床上吸着烟,想到唯一一样忘带的东西:一本美丽的绘画史册,以便能够不时注视一张面容。

为了记起我本人,我只有自己的镜子。

二月二十四日

上午,白昼。湖——俄罗斯人称之为"海"——与天交融。温度计显示为零下二十二摄氏度。我点燃炉子,翻开卡萨诺瓦的《我的一生》。罗马、那不勒斯、佛罗伦萨接连出现,私室里的蒂莱塔，阁楼上的亨利埃特。随后则是邮车旅行，逃离威尼斯的总督监狱，墨迹混杂热泪的信件，刚一许下便被打破的誓言，同一个夜晚向两个不同的人起誓的永恒的爱，优雅、轻盈、风尚。贾科莫描述快感的句子被我牢记在心："它永不停歇，直到无法再增强为止。"我合上书，穿上毡靴，去冰洞那儿打两桶水，同时想着罗马的贝利诺—特蕾莎和撒莱诺的利纳达。

花花公子的书，俄国庄稼汉的生活。

日子越来越长。在巴黎时，我并不太关注自己的内心状态。那里的生活并不是为了记录灵魂的悸动而造的。而在这儿，在盲目的寂静中，我有时间探究自身构造的细微之处。隐士会遇上一个问题：人能够容忍自身吗？

有了那些透过窗子产生的迷人景色，我们怎么还能在家里保留电视机？

山雀又回来了。我在鸟类指南上寻找关于它的技术档案。该书的瑞典籍作者拉斯·斯文森出生于一九四一年，他还有许多作品，如著名的《欧洲鸣禽指南》。据他所说，能通过"吱吱—哒哒哒"的鸣叫声辨认北方山雀。但我的这只山雀一声不响。在随后的几页里，我读到有一种山雀名叫"死亡山雀"。

这只小动物的来访让我喜出望外。它点亮了这个午后。几天内，我已经对此类景象感到满足。神奇的是，我们能迅速戒除如同怪物展览般光怪陆离的城市生活。我想到，我得进行多少活动、遇见多少人、读多少东西、拜访多少地方才能结束巴黎的一天，而我却在这儿，轻松地面对一只鸟儿。小木屋的生活或许是一种倒退,但如果这种倒退中包含着进步呢?

二月二十五日

正午,我乘着风出发,去拜访邻居沃罗迪亚。这位护林员的据点在叶罗钦岬的突角,在我的小木屋以北十五公里。他和妻子伊莲娜住在一座枞木屋里。他们的领地标志着贝加尔—勒拿保护区的北部边界。五年前,我坐着一辆乌拉尔摩托车的边车在冰上漫游时曾遇见他。我挺喜欢他那头发茂密的扁平脑袋,很高兴再见到他。我仍记得他那双冶金工人的手:能握断人手的两只大巴掌。

在守护我的小木屋的岬角后面,阵风的风向转北了。雪松的树梢迎风摇晃,发出海难者的信号。谁会来拯救树呢?

没料到风越来越猛。我在湖上径直走向叶罗钦,与湖岸保持一到两公里的距离。我缩在为零下四十度气温设计的加拿大鹅外套中,脸上罩着氯丁橡胶保护罩,戴着登山头盔和极地探险手套。我花了二十分钟穿戴,最重要的是别让任何一平方厘米的皮肤暴露在户外空气中。

今天的贝加尔湖患了硬化症。雪片一片片剥落。风用牙齿撕扯着雪,在黑曜岩上四处散落如同虎鲸皮肤上的白斑一样雪白的圆点。随着冰面显露,湖面逐渐变得暗沉。

我的鞋钉紧咬着清漆般的冰面。如果没有鞋钉,风早就把我刮跑了。狂风卷过山峰,冲刷着泰加森林。沃罗迪亚后来告诉我，风速一度达到每小时一百二十公里。风逼迫着我俯身行走，有时，一阵狂风会使我生生停下脚步。

我盯着嵌在丛林狼皮毛风帽开口处的那一小块镜片。丝丝雪痕在玻璃上蜿蜒，如柳珊瑚一般优雅。在重新冻结起来的裂缝处，冰面呈现出泻湖般的青绿色。随后，紧接着这段热带风情插曲的是如同长条茶色玻璃的水洼。阳光在断裂处洒下蛋白色的流影。冰层吸进了一些气泡。人们犹豫着踏足于这些珍珠色的水母之上。透过我的面罩，这些水中景象波动起伏着。当我闭上眼睛时，它们仍然印刻在视网膜上。

走到第三个钟头时，我冒险迎着风往西面的山峦望了一眼。树木在那里站岗，直到海拔九百米处，山峰拒绝它们为止。峡谷在山坡的褶皱间蜿蜒。四个月后，它们将迎来融化的雪水，倾入盆地。我走到附近时，由于漏斗效应，风越发猛烈。难以想象，竟有作家企图描摹类似地方的美景。

我贪婪地阅读了杰克·伦敦、格雷·奥尔、奥尔多·利奥波德、费尼莫尔·库柏的几乎全部作品以及美国自然文学流派的大量著作，却从未在其中的某一页上感受到我面对湖畔景色时的情绪的十分之一。但我仍将继续读书和写作。

每小时总会出现两三次声响，震动我的思绪。贝加尔湖正在断裂。激浪、喧闹的瀑布、鸟儿啁啾、冰块撞击声都不会惊扰我的睡眠。与之相反，同伴的呼噜或房顶滴落的水声却是我无法忍受的。

不可能不想到那些死者。成千上万的俄罗斯人沉没在贝加尔湖。溺亡者的灵魂是否回到了湖面？冰层是否构成了阻碍？它能找到那个引向天空的洞吗？这个争议可以交给原教旨主义基督徒讨论。

我用了五小时才抵达叶罗钦。沃罗迪亚拥抱了我，说："你好啊，邻居。"现在我们总共有七八个人——几个路过的渔民，他、伊莲娜和我——围坐在木桌前，蘸着茶吃饼干。大家谈论着自己的生活，而我已经筋疲力尽。渔民们争论起来，混杂拥挤使他们中了毒，每说一句话都会改口重复，做出种种恶心的粗暴动作。木屋像是监狱。友谊无法在任何情况下幸存，甚至连共同生活都挨不过。

窗户另一边，风继续着它的民谣。雪云像幽灵列车一样间隔规律地飘过。想到那只山雀，我已经开始思乡了。人这么快就会对别的生物产生眷恋，真是疯狂。我心中充满了对这些仍在争斗的野兽的同情。山雀在冰天雪地里守卫着森林，它们不像燕子那样附庸风雅地去埃及越冬。

有那么二十分钟，大家都闭上了嘴。沃罗迪亚望着外面。他在玻璃窗前坐了几个钟头，面孔半明半暗，一侧沐浴在湖面的反光中，另一侧则躲在阴影里。光使他的脸部轮廓带上了英勇士兵的气概。时光对于皮肤的功效就像水对于土地，在流过时划下沟壑。

晚饭是浓汤。我与一个渔民进行了热烈的谈话，他得出的结论是犹太人引领着世界（在法国则是阿拉伯人），斯大林是位真正的领袖，俄罗斯人是不可战胜的（希特勒这个小人就曾撞得头破血流），共产主义是一种出色的制度，海地地震是一颗美国炸弹的冲击波造成的，诺查丹玛斯说得对，"9·11"是美国佬的阴谋，研究古拉格的历史学家都是不爱国的人，法国人都是同性恋。我觉得我会拉长来这里拜访的间隔。

二月二十六日

沃罗迪亚和伊莲娜像走钢丝的杂技演员一样生活。他们与对岸的居民没有任何联系。没有人穿越贝加尔湖。对面的湖滩是另一个世界，太阳从那里升起的世界。有时会有渔民或者驻在他们驻地南面或北面的护林官来访。他们极少进入辖区的山峦冒险，只待在湖岸线上，驻扎在湖滨的一个点，与湖和森林保持平衡。

今天早上，伊莲娜尽主人之谊，向我展示了她的图书馆。在苏联时期的旧版书中间，还插着司汤达、沃尔特·司各特、巴尔扎克、普希金的一些作品。最新出版的书是《达·芬奇密码》，使得文明水准略显下降。

我又在水上行走，回到了自己的家。

二月二十七日

当人奢侈地独自生活在这个世界时，毗邻而居将成为一个大问题。我在伊尔库茨克时听说一位法国作家出版了一本大部头小说，书名为《只要在一起》。在一起确实是件大事，甚至是一个至关重要的挑战。我想我们可能应对不了这一挑战。动物和植物的生物体在平衡中相处。它们互相摧残、杀戮，又和谐地繁殖。它们的乐章条理分明。人类的大脑皮层则无法平静地共存。我们的音调总是失谐走音。

下雪了。我读着雅克·拉加里埃尔关于五世纪埃及沙漠中隐士的随笔《沉醉于上帝的人》。一些被太阳冲昏头脑的狂乱先知离开家人，来到沙漠。他们在荒僻的隐居岩穴中艰难度日，但上帝永远不会来访，因为与任何正常人一样，上帝也更青睐壮丽的拜占庭穹顶。这些隐士希望躲避世纪的诱惑。有些人混淆了对他们所在世纪的猜疑和对同类的蔑视，犯了骄傲的罪孽。在品尝了孤独生活的珍贵果实之后，他们中没有一个人返回俗世。

社会不喜欢隐士，不会原谅他们的逃离。社会谴责隐遁者那种当着其他人的面丢下一句"我不参与了，你们继续"的洒脱态度。隐退就是向同类告辞。隐士否认了文明的使命，其自身就是一个活生生的批判实例，玷污了社会契约。怎么能接受这样一个越过界限、跟随飘过的第一阵风而逝的人呢？

下午四点，奥尔洪岛奥克祖雷站的气象学家尤拉不期而至。

湖滩边缘的冰面裂开了一道一点二米的缝隙，汽车不能停在坡面上。雪后，我的湖岸又变得纯洁无瑕。尤拉把他的小卡车停在裂缝边上。他正忙着带一位澳大利亚女游客环湖旅行。

我把伏特加酒杯摆在桌上。我们好像身处胎儿所在的温暖环境里，惬意地缓缓醉去。这位澳大利亚女游客有些搞不清楚状况。

"你有汽车吗？"她问道。

"没有。"我说。

"电视机呢？"

"没有。"

"如果你遇到问题怎么办？"

"我会走路。"

"你去村里找食物吗？"

"这儿没有村子。"

"你在路上等车路过吗？"

"这儿没有路。"

"那些是你的书吗？"

"是的。"

"全都是你写的？"①

我更喜欢那些类似于冰冻湖泊的人性，而非类似于沼泽的人性。前者表面上坚硬冰冷，底下却深沉、翻腾、生动。后者外表温和轻软，深处却呆滞、无法渗透。

澳大利亚女游客不太敢坐在权当凳子的圆木上。她奇怪地看着我。木屋的杂乱应该加深了她认为法国人未开化的看法。尤拉离开时，我醉得像个摩尔多瓦有轨电车司机，去冰上滑冰

---

① 以上对话为英语。

的时候到了。

昨天的风磨亮了滑道。我在清亮的冰上以海豹的优雅滑行。裂缝嵌着层层青绿色的纱，有时我也会穿过重新冻结的象牙色裂口。我在这片织物上保持着平衡。山峰倒映在冰面上，仿佛缩在白纱裙里的腼腆舞者，犹豫着是否要进入华尔兹舞池。

就在我的冰刀卡进一道缝隙、跌倒在光滑地板上之前，我想到了那些塞在亮片短背心中的运动员，他们一边飘舞，一边让粉扑扑的年轻的捷克女滑冰选手在自己头顶旋转，对面则是一群老妇人组成的评审团。她们像是从尼斯的赌场逃出来的一样，忙着挥舞写有数字的小号码牌，这些数字的总和将为滑冰者带来那女孩的一个吻，或是冰冷的眼泪。

我脚踝青肿，可悲地回到小木屋。

晚上，天空呼吸着，气温下降了。我全身裹得暖暖的，坐在木头长凳（一块松木板钉着两根圆木）上度过了美妙的一个钟头。我坐在森林的边缘，就在南窗前的那棵树下。它那不堪西风侵扰而倾向湖面的树枝形成了一座半圆形后殿。这座针叶小亭使我有种温暖的幻觉。我从亭中望着贝加尔湖这口黑色的井，感觉那堆冰雪像是一口充满噩梦的坩埚。锅盖下面的我感受到了那股搅拌着锅的力量。这座墓穴中的世界充斥着只会撕咬、吞噬、拉扯的野兽。深处，海绵缓慢地摇摆着触手。贝壳类动物盘卷着它们的螺塔，打破时间的限度，制成星辰形状的珍珠首饰。形如怪兽的六须鲇鱼在泥潭里游荡。肉食性鱼类向湖面回游，准备享用晚间盛宴和甲壳动物的祭品。红点鲑鱼群跳着它们那水底生物的舞步，细菌则搅和着废渣，进行消化，净化水质。这沉闷阴郁的搅拌过程在镜面下的寂静中进行，连星星都无力在这片镜面上反射自己的倒影。

二月二十八日

今早的风力达八级。狂风带走了雪，把它当做狂暴的云块，抛在雪松林边缘青铜色的树墙上。两小时的整理工作。像在一条小船上生存一样，木屋生活也能产生同样的怪癖。绝不能像那些水手一样，把维护船只变成自身的目的，他们的锚已经永久固定，在码头逐日腐朽，每天只是在整顿自己已经熄灭的生命。

安居在西伯利亚的一座破旧小屋里，这说明我们在与不断倾轧、要把人埋葬的物质进行斗争时，已经取得了胜利。林中生活能使人减负。我们减少那些困扰，为生命的飞艇卸下重负。两千年前，印度萨尔马特大草原的游牧民族就会把自己的财产装在一个小木盒里。我们所拥有的物品的珍稀程度与我们对它的珍视是成正比的。对于西伯利亚猎人来说，刀枪与一个有血有肉的同伴同样宝贵。在生命的曲折中陪伴我们的某个物品逐渐有了意义，放射出特殊的光芒。时光为它打磨了色泽，年份使它变得坚固。一个人得与他那可怜的物质财富长期相处，才能学会爱其中的每个物品。很快，投向刀、茶壶和灯的深情目光转移到了构成它们的物质元素上：勺子的木料，蜡烛的蜡，火焰。物品的本性显现出来，我似乎能感知它们本质的秘密。

我爱你，酒瓶，我爱你，小折刀，还有你，木头铅笔，你啊，我的茶杯，你，我的茶壶，你像一艘受伤的船一样冒着烟。外面的狂风和寒冷如此凛冽，如果我不用爱充满这座小木屋，它就可能瓦解崩溃。

我通过卫星电话得知（它奇迹般地重新激活了），妹妹的孩子出生了。今晚，我将为他的健康举杯，还要向大地洒上一壶伏特加，因为它又迎来了一个小生命，但却没人请求它的准许。

雪之诗

> 领地是个港湾，
> 城堡是座小木屋，
> 弄臣是一只山雀，
> 臣民是我的回忆。

劈了一上午的木柴。在挡雨板下堆起了一面木头矮墙。这些劈好的小木柴足够我十天的取暖用量了。

隐居过程中，体力的耗费是巨大的。在生活中，我们可以选择让机器工作或是自己来完成任务。在前一种情况中，人们把满足自己需求的任务托付给了技术。我们摆脱了进行任何努力的必要性，同时也使自身失去了活力。在第二种情况下，我们开动了身体这台机械，以满足需求。我们越远离机器的服务，肌肉便越膨大，身体也越顽强，皮肤越发强韧，面容越发坚忍。

能量获得重新分配，它从器具的腹内转移到了人的身体。猎人犹如辐射生命力的发电站，当他们进入房屋时，光芒便充满整个空间。

过了几天，我就注意到身体的初期转变。手臂开始膨大，腿部肌肉更发达。但生活在烂泥中的动物和酒鬼的特征开始显现——腹部松弛下来，皮肤变白了。紧张状态减弱，心跳速度放缓：幽禁在有限空间里的我学会了慢动作。精神也渐渐入睡。由于缺乏谈话、矛盾和对话者的讽刺，隐士不像他在城里的表兄弟们那样滑稽、尖锐、世俗、迅捷。他在敏锐度方面所失去的，在诗意上获得了弥补。

有时会有一种什么都不想做的愿望。我在桌旁已经坐了一小时，监督着阳光在桌布上的游移。光线使它碰触的一切变得高贵。树木、书脊、刀柄、面容的曲线和时间流过的轮廓，甚至是悬浮在空气中的尘埃。在这个世界上，即使作为一粒尘埃，也并非一无是处。

我就这样对灰尘产生了兴趣。三月将是一个漫长的月份。

三月

时　光

三月一日

我父亲的生日。我想象着他们在吉斯附近的晚餐。全家人每年都会在这些改造成饭店的十八世纪马厩里聚会。比利时表亲，啤酒，葡萄酒，肉食和从砖制穹顶洒下的灯光。他们应该冒雨抵达，现在正暖融融地用餐。餐桌摆在喂食架下面，过去那些牲口就在这里大嚼草料。在埃纳省的夜晚，本应在这些马厩分栏中温暖入眠的数百匹马现在只能在户外睡觉。比起变为宴会厅的马厩，我也并不喜欢改造为弹药库的教堂。我在酒杯里倒上五十毫升伏特加，朝向西面和虚无举杯。

我的父亲在这里会幸福吗？这种自然不会让他开心，他喜欢争论、戏剧、对话，在辩论的世界中如鱼得水。在西伯利亚森林中，不可能进行任何对话。当然，没什么能阻止一个人自我表达。他完全可以像芬兰小说家亚托·帕西里纳笔下的磨坊主那样呼号，只是这些呼喊毫无用处。以自然主义角度看来，"反抗者"是一种无用的东西。在森林纬度地带，唯一的美德是接受。像斯多葛派、像野兽那样接受，或是像卵石那样接受，就更好了!泰加森林只有两样东西可以奉献:它的资源——我们已经毫不客气地扣留了,还有它的冷漠。以月亮为例。昨晚,它照耀着。我在笔记本上写下:"犀牛月亮用象牙般的角刺伤了非洲色彩的天空。"月亮对这些所谓的警句会有多么嗤之以鼻呢?

晚上,我读完了一本侦探小说。当我从阅读中抽身时,就像在麦当劳吃了一顿饭:恶心,略感羞惭。这本书紧张纷繁,但一合上,马上会被忘却。四百页纸只是为了知道麦克道格拉斯刺杀麦克法兰时用的到底是黄油刀还是冰锥。人物屈服于行为的无限权力。细节的臃肿掩饰了空虚。是不是由于和报告过于相似,所以这些小说才被称为"侦探小说"?

午夜,我在湖上漫步。怎样才能找回七年前第一次抵达这片深灰色湖岸时惊觉的感受?彼时,我的灵魂满溢着幸福。第一次在湖滨度过夜晚时,让我无法入眠的"此地的快乐"去哪儿了?木屋的安逸使我的感知逐渐迟钝。太多的便利给心灵蒙上了烟灰。十五天就够了:我已经习惯于此地。我很快就会熟悉每一棵枞树,如同熟知我在巴黎居住的街区的酒馆。对一个地方感到熟悉,这是死亡的开端。

厕所离我的小木屋有二十步:就是地上的一个洞,上面有用木板草草钉合的挡雨棚。今晚,在往那里走的时候,我想起了达夫妮·杜穆里埃的一篇短篇小说《苹果树》:在一个冰冷的夜晚,有个家伙被苹果树的根绊倒,而这棵树是他深恨的女人过去所种。我想象着自己在零下三十摄氏度的路上跌倒。我会在那儿死去，在距离小木屋五十米远的地方，在屋顶冒出的细烟前，冰的爆裂将是我的葬礼祷告。我将停止挣扎，慢慢加入那美好的寂静，一边对自己说："无论如何，这也太蠢了。"啊！那些在距离藏身之处几米远的地方迷失、死去的人呀！

救星就在那儿，十步就够了，但那避风港的门仍遥不可及。黑泽明拍过一部以此为主题的电影：一支登山队在暴风雪中冻僵了，而营地就在咫尺之遥。还有斯科特！还记得他在离给养补给点不到二十公里的地方垂死挣扎吗？斯文·赫定的历险则与其相反：身处塔克拉玛干沙漠的他以为迷了路，已经听天由命，却误打误撞来到了绿洲。

三月二日

小木屋以南八百米，一片花岗岩高地切断了森林。六棵落叶松给峰顶戴上了头饰，使它的形状像个松果。这个球果在一百多米高的地方俯瞰着贝加尔湖。猞猁的足迹星星点点地遍布在湖滨通往小丘的斜坡上。我费力地向上攀爬：粉雪覆盖了碎石路。雪直没到大腿处，有时，脚陷入两块岩块间的空洞。从丘顶看，贝加尔湖好似一片有着象牙色纹理的平原。树林的寂静卷裹着世界，而这片寂静的回声已历经百万年。我还会回到这里。在需要登高的日子里，这枚"松果"将成为我的桅楼。

两周前我在谢尔盖家认识的萨沙和尤里前来拜访。我按礼仪斟上了酒。人生中,能与同伴分享美酒、知道自己安全地待在温暖的庇护所里已经很了不起了。炉子通风良好,气氛使我们麻木起来。毛茸茸的粗条覆盖着眉弓:这是身体健康的体现。伏特加下肚后,灵魂飞升,身体心满意足。我们抽着烟,空气厚重了,话语变少了。与俄罗斯的乡野村夫接触总能使我感到平和,那是因为我感觉终于找到了我本该诞生于此的人文环境。用不着寻找话题的感觉不错。社会生活的难处从何而来?正是由于我们总是得找点话说。我想到了那些在巴黎行走的日子,神经质地向各种奇怪的、不认识的人不停地吐出"不错啊"、"希望能马上再见",他们也像疯子似地向我讲着同样的话。

"不冷吗?过了一会儿。"萨沙说道。

"还行。"我说。

"雪呢?"

"很多!"

"有人来?"

"前天。"

"谢尔盖?"

"不是,尤拉·乌佐夫。"

"尤拉·乌佐夫?"

"是,尤拉·乌佐夫。"

"啊,那个尤拉……"

"是,还是。"

吉奥诺的《人世之歌》里能读到这类对话。在小说开头,大河之子安多尼奥与森林之子马特罗攀谈：

"河流是人的命根子嘛。"安多尼奥说。

"森林更好。"马特罗说。

"人各有所好。"安多尼奥说。

"说话越少，活得越好。"尤里说。说不上来为什么，但我突然想到了让—弗朗索瓦·科佩①。得告诉他自己正身处险境之中。

萨沙留给我一桶五升装啤酒。当晚，我慢慢地喝完了两升。啤酒、小酒馆里的酒是穷人的烈酒。啤酒是一种麻醉思维的镇静剂，使一切反叛精神溶解。极权国家用啤酒喷枪熄灭社会烽火。尼采痛恨这种尿液似的汁液，因为它孕育了"精神的沉闷"。

我用木棍在雪地写下：

在这个世界上，我们轮流扮演着斑点和画笔。

三月三日

我想起在喜马拉雅山的徒步旅行，天山的骑马跋涉，三年前在乌斯秋尔特沙漠的自行车之旅。征服一座山口的喜悦，打

---

① 法国政治人物，时任法国政党人民运动联盟总书记。

败那些里程的狂热，希望在前行中死去的欲求。有时我像被魔魇附身，一直走到头脑谵妄，筋疲力尽。在戈壁沙漠中，我停下来过夜，径直倒在最后一步所踏下的地方，第二天早晨，眼睛一睁，又机械性地上路了。我曾是一匹狼，现在则是一头熊。我想扎根下来，在身为风之后，成为大地。我被行动这个萦绕心头的念头所俘虏，沉迷于广阔的空间。我追逐着时间而奔跑，以为它隐藏在天际深处。"凭时间的有效利用去弥补匆匆流逝的光阴。"（蒙田，《随笔集》第三卷）我就是这样适应了它的流失。

　　自由人拥有时间。掌握空间的人自然是强有力的。在城市，那些分秒、时辰、年月从我们手中漏过，从时间受伤的创口流走。在小木屋，时间平息下来。它像只温和的老狗在你们的脚边躺下，不意间，我们甚至没发觉它就在那儿。我是自由的，因为我的日子是自由的。

　　和每个早晨一样，在炉子加热的当儿，我走到离湖岸三十米处开凿的取水洞。冰层在夜间重新合拢了，我得再劈开才能汲水。我在那儿站了一会儿，望着泰加森林。突然，一只惨白的手（这片水域吞噬了那么多溺死者）从洞里冒出，攫住我的脚踝。这幻觉如此鲜明，我甚至向后退了一步，松开冰镐，心怦怦地跳。死水有毒。湖水散发着忧郁的气息，因为那些与世隔绝的魂灵在这里游荡，反刍着它们的忧伤。湖泊如同地下墓穴，淤泥散布着有毒的气味，植物为它贴上阴沉的倒影。海洋中的大浪、紫外线和盐分溶解了一切秘密，清澈通透。这片港湾曾发生过什么？是否有过一次船舶失事，一次旧账清算？我无意与一个痛苦的灵魂共处六个月，我自己的灵魂已经够受的了。我拎着两桶水，回到木屋的温暖之中。从窗口望去，取水的冰洞是苍白冰层上的一个黑斑：一个联结各个世界的危险针眼。

每天下午我都穿上雪鞋，去林子里走一个半小时，以便居高临下地俯瞰森林。

我喜欢走进森林。在森林边缘的后面，声响变得和缓。在法国或比利时，当我来到大教堂的穹顶之下，也会产生同样的迟钝感。生命感受到的甜美使眼皮变得沉重，把温柔散播到额骨后方。和针叶林的光芒一样，我身上的某种东西对石灰石的光辉有了反应。眼下，比起石头的殿堂，我更青睐乔木森林。

树下是厚厚的雪。风永远吹不走它。虽然穿着雪鞋，我仍深深陷进雪中。猞猁、狼、狐狸和水貂在夜里穿行。它们留下的印迹展现了野性的悲剧。有些痕迹掺杂着点点血痕。这是森林的话语。野兽并不会陷入雪地。它们脚掌的面积与其体重成正比。人太笨重，无法在雪上行走。偶尔传来松鸦的鸣叫，否则便是一片死寂。这些松鸦从冷杉树顶上发出鸣声，如同松针塔顶披着羽毛的哨兵。这鸣叫是因为我进入了它们的家园。没人会向野兽请求许可穿越它们的领地，从来如此。

树上附生着苔藓。很久以前，我读过一个故事，作者想象有一个神在灌木丛中游荡：他的外套被树枝钩住，碎布变成了苔藓。

松树的悲哀之处在于它们看起来很冷。一小时的攀爬之后，高程计显示为七百五十米。再加把劲，到海拔九百米以上，森林就会放下武器。在那上面，被暴风雪刨刮过的雪使地表变得坚硬。雪鞋抓地很牢。我迅速向上攀爬，并决定沿着其中一道狭谷而上。几棵落叶松在森林边界之上挺立，它们孤独地生长着，歪歪扭扭的树枝在湖面天青色的背景下异常鲜明，而那湖面则点缀着丝丝裂痕。树枝的金黄，湖的青灰，冰痕的苍白：犹如葛饰北斋的调色板。

有时地面会下陷，堆积在矮松丛上的雪在脚下坍塌，我摔倒在一个树枝陷阱里，雪鞋卡在网格之间。我在洞底里打嗝。被流放到西伯利亚一座古拉格的瓦尔拉姆·沙拉莫夫在《科雷马故事》中回忆了集中营周围的矮松：五月气温回暖时，这些树从雪层中解放出来，挺立着宣告春天和希望的到来。

到了海拔一千米处，我继续朝着毗邻谷地的岩石山脊攀登。湖面的背景上清晰地映衬出花岗岩山脊的锯齿。我的一些朋友只为了这一点而活着：到空气刺痛鼻腔的高处去，悬在天地之间，在一个无臭无味、形状抽象的王国里生活。当他们下到谷地时，他们觉得生活散发着臭气。城市里的登山者是不幸的人。我在雪中凸立的岩石之间生火煮茶。火和我并肩冒出烟来。我们把烟卷献给那古老的湖泊。在山上的这些日子里，我把自己奉献给纯粹的生命的欢乐。独自对着湖面吸烟，不妨害任何事物，不受任何人的操纵，不奢求多于当下所拥有的任何东西，而且知道大自然并不厌弃我们。生活需要三种原料：阳光，观景台，使出的力气留在双腿里的酸痛记忆。还得有蒙特克里斯托小雪茄。幸福短暂得如同一口雪茄烟。

零下三十摄氏度。对于沉思来说太冷了。我选择了一条通道滑步下来。我钩住轮伐时保留的白蜡树的幼树和山茱萸的树枝，回到松树和桦树林，陷入沉睡的雪地，并在一小时后回到湖岸，按照估摸的岬角方向，抵达小木屋附近的湖滩。发现小木屋时，我感受到了幸福。它迎接着我，我回到了家。关上门，点燃炉子。等到五月，我要登上我的领地的顶峰。

《海伯利安》的题词中写道："不要任由自己被广阔压垮，能将自我幽闭在最狭小的空间中，神明恰恰蕴育于此。"总之，在散步、饱览了湖的广大之后，该把目光瞥向美的微小的侍者：雪絮，苔藓，山雀。

三月四日

阳光透过窗玻璃轻抚所带来的快感犹如被一只亲昵的手抚摸。归隐山林时，我们能够忍受的只有阳光的侵入。

为了正确地开始新的一天，拜访致敬很重要。顺序依次为：先向太阳致敬，然后是湖泊，最后是长在小木屋前的小雪松，每个晚上，月亮的明灯就挂在它的枝头。

在这里，我生活在一个可预见的王国里。流逝的每一天都是前一天的镜像，也是第二天的素描。时辰的变换体现在天空的色彩、鸟儿的来去，以及难以察觉的千万个细微之处。当人类世界不再发出信号时，雪松叶簇上的一缕新色调、雪地上的一道投影都成为值得重视的大事件。我不再蔑视那些谈论雨水和晴天的人。对天气的任何评论都有着宇宙层面的意义。这一话题并不比讨论萨拉菲派渗透巴基斯坦三军情报局更加浅薄。

隐士无法预见的是他的思绪，只有它能打破时光一成不变的进程。为了给自己带来惊喜，必须梦想。

我回忆起两年前登上法国海军教练船"让娜号"时的情景，我们从苏伊士运河回程，在地中海缓慢航行。岛屿和岬角顺次出现，军官们在指挥舰桥看着它们依次通过。一片寂静。每个人内心都在庆贺海岸隆突部分的突然出现。如今，我越过窗户的目光如同当时透过舷窗一样。我窥伺着光线的明暗与颤动，而不再是海岸的变化。甲板上的我们借助空间的行进加以消遣，而在小木屋里，时间投下的各种小惊喜足矣。我静止地航行，因无风而停驶。如果有人问我：你在这几个月里做了什么？我会回答："一次巡航。"

在小木屋内外，对时间流淌的感受并不相同。屋内，时辰如溪流般温柔地淌过。在户外的零下三十度中，每一秒钟都像一记耳光。冰上的时光步履缓慢，寒冷麻痹了它的流逝。所以，我的门槛并非一道分隔温暖与寒冷、安逸与敌意的板条，而是连接沙漏中两个玻璃球的阀门，在这两个球体中，时间流逝的速度也不一样。

西伯利亚小木屋并不是按照文明世界的住宅标准建造的。这里并没有对安全、救助、保护的绝对要求。俄罗斯人的原则是绝不采取任何预防措施。在这个九平方米的空间里，身体在滚烫的炉子、悬挂的锯子、插在木梁上的匕首和斧子之间活动。若是在做足保护措施的欧洲，小木屋都应被铲除。

整个下午，我都在锯一棵雪松。这是一项苦役活：木质致密，金属锯齿锉起来很费力。我向南望了一眼，喘口气。风景安详，结构完美：湖湾的弧线，天空中硫酸盐的痕迹，松树的锥顶，巨大的花岗岩褶皱。小木屋安坐于一首短歌的中央，与湖泊、山岭和森林的世界相接，而这三者分别象征死亡、永恒的回归，以及神圣的纯净。

这棵雪松虽然纤细，但应该有两百岁了：在这里，生命所缺失的丰富已被致密所弥补；树木并无爆炸般丰盛繁茂的叶簇，但它们的血肉却像大理石一样坚硬。

再歇一会儿。去年，在俄罗斯远东萨马尔加山谷的坡地，我参观了一些伐木站。莫斯科把它的泰加森林卖给了中国人。电锯撕碎了边境的宁静：人们以阿庞为单位把森林切为碎块。黄种人以蛀木虫的细致切割树干。一些树将面临奇特的命运。生长在荒野山谷的脊线上，经历了一百或一百五十个西伯利亚的冬天，这些雪松将被切割成筷子，把汤面塞进上海一个为外籍人士建造商业中心的工人的喉咙。冷杉的日子并不好过。谢尔盖告诉我，在那上边，在贝加尔湖畔的岩峰后面，勒拿保护区的深处，伐木工已经开工了。

对祖国领土完整感到如此自豪的俄罗斯人却毫不在意这种有规律的砍伐。居住在一个无边无际的国家，他们的内心因这一幻象而膨大，以为自己的大自然取之不尽用之不竭。在瑞士星星点点的高山牧场成为环保主义者，比在广袤的俄罗斯平原上因忧虑而亡要快得多。

我还砍倒了一棵已死的桦树，树皮可以用做点火的填料。树皮上划了道道条痕，是不是森林精灵用来计算时日的呢？

当我回到木屋时，大片的雪花已遮盖了树桩和树根在斜坡剪影上突出的耙齿。

三月五日

再一次闯入高空王国。我寻找着谢尔盖指给我的喷泉："走一个半小时，海拔约一千米的地方。"我穿着雪鞋在雪松林边缘上方沿着布满石子的路线转悠。在一处峡谷的坡顶，标高九百米处，我撞见了瀑布。冰流诞生于一道页状岩壁顶部的缺口，喷向空间，用珍珠质覆盖了黑色的岩石。

没有一只鸟儿啼鸣，冬天使生命石化。世界等待着复苏。雪、瀑布、云，甚至连寂静都悬浮着。有一天，一切事物将重新开始流动。温暖将从天而降，春天的热流会涨满自然的质地，野兽的血管将因新生的血液而跳动，谷底灌满水，树木的汁液开始搏动。叶片钻出粗糙的芽苞，雪喃喃诉说着回到湖中的希望，幼虫孵化，昆虫破土而出。巨量的水将在山坡漫流。生命在斜坡上流淌，野兽下山饮水，夏天的云向北蔓延。但眼下，只有我独自在粉雪里挣扎，希望回到住处。

晚间滑冰。在光滑的冰面上滑行了一小时。在我眼前跃过的景象——黑曜岩页片，蓝色泻湖的条纹——组成了一幅八十年代的香水广告。

冰上有一座由雪组成、在风吹中幸存下来的小岛。我在那儿停下，抽上一支小雪茄。贝加尔湖的吱嘎声在我的骨头里回响。湖畔生活很惬意。湖泊为我们提供了对称的景致（湖岸及其倒影）和关于平衡的教义（支流带来的水与泻口排出量构成了等式）。为维持水文刻度，需要奇迹般的精确度。向水盆倾入的每一滴水都得重新分配。

木屋生活意味着有时间关注一些相似的事物，有时间把它们记录下来，有时间校阅这些写下的东西。而最妙的是，完成这一切后，还有多余的时间。

今晚，窗玻璃前又是山雀，我的天使。

三月六日

躺在床上度过了这个早晨。我从睡袋开口透过窗户注视着那颗巨大的桃子从布里亚特的山脊上升起。有朝一日，太阳将向我们透露，它究竟是从哪儿得来了清早起床的力量。

一阵狂风从门缝下送来一股冰冷的气流。隐士离群索居？但离开了什么呢？空气穿过木梁缝隙溜进室内，阳光洒满桌面，水在咫尺之遥，腐殖土就躺在木地板之下，木头的气息从裂口渗出，雪从木屋的孔隙潜入，一只昆虫不请自来地出现在地板上。城里的一层柏油已隔断了我们的脚与大地的任何接触，人与人之间则树立着石头墙。

湖面发出吓人的爆裂声。我对着面前的茶打开了叔本华的《作为意志和表象的世界》，这一卷是法国大学出版社出版的，有着橙色的封面。它曾引人注目地摆放在我巴黎的书桌上，而我却不曾有勇气翻开它。对于有些书而言，我们是只敢在它周围打转的。其实，归隐山林是为了终于可以做一些始终令我胆怯的事。在第三十九章关于"音乐的形而上学"中有这些句子："较近于低音的音等于（意志客体化的）那些较低级别，等于那些还是无机的，但已是种类杂陈的物体；而那些较高的音，在我看来，就代表植物和动物世界。（……）人们必须把自然的全部物体和组织看做是从这个行星的体积中逐步发展出来的，而这行星的体积既是全部物体和组织的支点，又是其来源，而这一关系也就是较高的音对通奏低音的关系。"当湖泊演奏乐谱、发出爆裂和轰鸣声时，正是如此：无机和未分化的物体的音乐，最深处的乐曲，世界之初的交响乐。这个尚无名称的物体发出汩汩声，而在它震颤着的绵长的低音部之上，是雪花或山雀尝试奏出的轻快旋律。

气温陡然下降。我在零下三十五摄氏度的低温中砍着树。回到小木屋时，温暖的感觉仿佛是一种无上的奢侈。经受严寒之后，火炉旁伏特加瓶塞喷出的声响而带来的快乐远超过在威尼斯运河边宫殿的小住。茅屋也能忝列于宫殿之间，这是住惯皇家套房的人永远不会懂的。他们对手指冻伤的了解还不如泡泡浴。奢侈并非一种状态，而是越过一条界线、一道门槛，在那之后，一切煎熬都突然烟消云散了。

正午，狂风大作，我还是上路了。我将步行前往距离小木屋一百三十公里的乌齐卡尼岛。我给自己留了三天时间抵达谢尔盖的站点，一天抵达该岛，第二天在岛上度过，第三天回到陆地，还有三天回到我的住处。我取出一架儿童小雪橇，在上面装载了一袋衣物、一些给养、滑冰鞋、卢梭的《一个孤独漫步者的遐想》，还有昨天开始读的荣格尔日记。一位人文主义哲学家和一位士瓦本[①]昆虫学家：真是隆重的随行队伍啊。

我穿越了杂乱的浮冰群。雪在蓝色冰面上覆盖了一层白色奶油。我正走在一位北方神灵的蛋糕上。阳光有时照亮冰块的尖顶：犹如白昼里闪亮的星星。在被困的冰块上，裂痕沿巨大的镜面曲折蜿蜒，如同一幅折角的树木图案。裂缝的线条像系谱树或一些植物的茎秆那样分叉。这是否对应着一种数学结构、一种由宇宙法则确定的文字？水具有记忆力，那冰是否拥有智慧呢（当然，是一种冷冰冰的智慧）？

又走了六小时，绕过一个岬角，扎瓦罗特努村出现了。湖湾里安放着几座木头房子，今年，只有一幢房子里住着一位被称为

[①] 士瓦本，又名施瓦本，德国西南部历史地区。

V.E. 的护林员。这地方是保护区里一片长二十公里、宽十公里的飞地，是一片自由的领土，俄罗斯人可以在这儿尽情地进行他们最喜欢的活动：为所欲为。村庄是开采微石英矿的施工队的后方基地，那座矿在海拔一千米的山里，微石英用于制造麦克风的钻头和一些振荡器的指针。我之所以对这些令人着迷的东西有这许多了解，得归功于 V.E.。他在枞木屋里接待了我。这厨房简直像猪圈，墙上一层油腻。地板很危险：一不小心就会滑到鱼肠上，或是掀翻一口炖着海豹油的大锅，那是为狗准备的，它们才是这儿的主人。V.E. 曾在这里以南四十公里的索尔内琴纳亚气象站长期担任站长。他以前是个酒鬼，后来因为一次心肌梗塞而戒了酒。现在他的身体好些了，但牙齿全掉光了。

他给我看一块熔岩，是地质学家送的礼物。

"它们是地球上最古老的矿物。"他说道。

"多少年了？"我问。

"四十亿年。我把它们压在枕头下面，能带来好梦。"

"结果呢？"

"啥还没有呢。"

他又问：

"你饿吗？"

"饿啊。"我说。

"想吃鱼吗？"

"很乐意。"

看着 V.E. 站在这个自苏联解体以来就从没打扫过的厨房里

用榔头敲着桌上一条冰冻的鱼,这一幕真让人乐呵。俄罗斯人从来不讲什么客套,而鱼很棒。

"最近三个星期,世界上发生什么大事了吗?"

"没有,很平静。"

三月七日

冰上的一天①。眼睛紧盯冰层的图案。裂口和缝隙在冰冻的躯体上编织出无数电子层,其中的电流神经质地向外蔓延。线条收缩、汇合、分离。冰吸收了冲击带来的能量,沿神经束将其发散出去。声声巨响打破寂静。它们来自数十公里外爆炸的回响。噪音经这纹理网格而消退,阳光在各处转接吻合中折射,这错综复杂的纹路有了色彩。光线使纹理呈青绿色,条条长痕被染成金色。冰抽搐着,它有生命,而我爱着它。珍珠色的蛇纹画出的纽结好似神经元组织或星尘图。这种混杂紊乱的感觉近乎于服用幻觉剂后的迷幻状态。虽然没有毒品,也没有酒精,我的大脑却看到了幻象般的镜头。图案依次掠过,就像从鸦片烟雾中生成一样。大自然甚至没留给我们慰藉的机会,就在我们灵魂的屏幕上投下前所未见的图像。

这一杰作到五月就将消失。水会将它淹没。贝加尔湖的冰是曼荼罗,耐心绘制的图样会被热量和风抹去。

---

① 原文为英语。

在扎瓦罗特努南面二十公里，我在大索罗茨维的小木屋过了夜。这座庇护所的状况很差，被用做保护区护林员的歇脚处。三年前，我在这儿和马克西姆度过了两天。马克西姆是个累犯，当局给了他第二次机会，任命他为护林员。他在小木屋里待得厌烦了。这人的头颅像个野人，笑容倒很和善。他的日子并不好玩。一只熊在林间空地徘徊多日，使他无法出门。"我只能在茶壶里撒尿。"他这么抱怨。上级并不想冒险把猎枪交给一个刚从伊尔库茨克监狱里出来的人，而且他还曾是个瘾君子。晚上，熊来到近前，把我们堵在门后。"他妈的，我在监狱里还更安全呢。"马克西姆发着牢骚。

后来，熊被杀死，马克西姆又犯了罪，服刑去了，大索罗茨维的小木屋也再次空置。

我和自己下起了象棋。最后一缕日光穿过窗玻璃，在刀锋上闪着光。虽然白方的象英勇冲锋，但还是输了。梁柱上贴着照片：一些赤裸而光滑的白种女孩，胸部丰满，摆着有些做作的姿势，这可不是为了鼓励交谈。不过已经什么都看不见了，夜晚蔓延得太快。

三月八日

在冰面上①。下午，我抵达了索尔内琴纳亚气象站。苏联时

---

① 原文为英语。

代，在这片被砍光了树的山肩上曾立着一座娇俏的村落。如今，这片村庄的残骸里还住着两个人，护林员阿纳托利和他的前妻勒娜。他们新近分手，目前住在两座相邻的房子里——在世界尽头怒目而视。气象站由一片杂乱的浮冰保护着。我敲敲阿纳托利的门，没有应答。我推开门。屋里满是阳光。地上有些罐头盒，桌子底下躺着空瓶，长沙发上躺着一个人。我忘了今天是三月八日，俄罗斯的"妇女节"。阿纳托利为这个节日举行了庆祝活动。勒娜后来告诉我，他整晚都在敲她的门，还喊着："开门！"一位绅士绝不会忘记庆祝女性的节日。

我把他叫醒。他闻起来有福尔马林、乙醚和白菜的味道。他站起来，又摔倒了。为了维持面子，他对我说：

"是风湿病，把我害苦了。"

"是啊，天气很潮湿。"我说。

阿纳托利一下午都在河岸度过。这些气象站就像通往精神病院的跳板。从斯大林时代起，从白俄罗斯到堪察加，它们在全国各地编织结网。散布这些站点是一种占领空地的方式，是为了在边缘地带安插一些公民，向俄罗斯预警法西斯入侵或是出现了对现状不满的动向。在这些设施装备完全相同的枞木屋里，气象学家要么夫妻同住，要么四五个人群居。他们每三小时出去一次抄录数据，再用无线电发给基地。时间并不属于他们。这种强制的规律使他们的头脑陷入混乱。他们的幽闭室变成了各种骚乱的舞台。人们在那儿喝酒，在那儿自我分裂，在那儿发展出各种精神病理学。有时，一次失踪事件会打破日子的行进。在拉普捷夫海的一个岛上气象站,人们发现了一名气象学家的毡靴,大家的结论是,白熊消化不了羊毛。在索尔内琴纳亚这里,几十年前,一名被手下痛恨的站长在一个冬夜里消失在树林中。当局则设法掩饰了这起事件。

我离开阿纳托利的房子,因为勒娜请我去她家喝茶。她有一张弗拉芒鲱鱼女商贩的漂亮面孔,细长的蓝眼睛,尖鼻子。我们有三小时时间。茶冒着热气,勒娜滔滔不绝地讲起来。她来到气象站时才十六岁。无论给她世上的任何东西,她都不愿离开这里:

"我不喜欢柏油。城里的沥青让我的脚痛,钱也存不住。"

"这个职业呢?"

"我挺喜欢,除了那些野兽。记录仪离房子有一百五十米,晚上我觉得这段距离挺远,所以会飞跑过去。但我没什么可抱怨的。"

"为什么?"

"因为有些站的仪器有一公里远!"

"不会受到攻击吗?"

"会,有狼。"

"什么时候?"

"我第二次在这儿见到狼是在六月六号。我八点钟到田里去,看到母牛都跑回来了。我以为是犍牛把它们吓着了。我又回来,远远地好像看到了我们的狗扎列克。我回来一看,扎列克就在这儿。所以,那真是一匹狼,就在前面!母牛已经跑到了我后面,我拿着一块大石头向狼跑去。狼越来越近,我看到它咧着嘴。我向它扔石头。母牛可能是感到惭愧了吧,竟然掉头回来了!"

"母牛都回来了!"

"犍牛也是。于是,狼开始后退了,它露出牙齿,好像在引我跟它走。我一边跟着它,一边扔石头。我又有了勇气,因为我身后有一群牛哪!"

"勇敢的母牛。"

"是啊,但在另一个年份,我们有些损失。"

"还是狼吗?"

"不是,是熊。"

"熊?"

"我听见狗在叫。以前从没这么叫过。我跑出去查看,后来姑娘们说我一个人出去简直疯了。要是熊还在那儿,会把我咬死。我出去后就看见犍牛躺在地上快死了。它的腿断了,脸被抓伤,背脊上被扯下一大块肉。熊把它的腿咬断,这样它就逃不了了。"

"可怜的牛!"

"我掉头跑回来叫帕里奇。我们得做点什么。帕里奇一刀解决了它。我呢,我没吃它的肉。第二天,母牛被发现了……"

"母牛?"

"在我到之前,熊就把它藏起来了,离攻击犍牛的地方有几百米远。它给牛造了一座坟……肚子敞开着。那头母牛怀孕了,我们看到小牛掉了出来，母牛的脸也被扯掉了。我对母牛有感情，像对孩子一样。那一年我患了抑郁症。"

勒娜站起身来，准备去发无线电报："如果我连续三次不发电报，就说明我死了。"我离开她家，觉得自己对俄罗斯的爱更加坚定了。在这个国度，一边是国家往太空发射火箭，另一边，人们还在用石块驱赶狼群。

月光下的冰层好似有青绿色神经分布的凝固水母，走了两公里，我来到谢尔盖和娜塔莎在波科伊尼基的家。谢尔盖已经准备好"班亚"，我们在里面闷了一个钟头。然后，我们喝光了一瓶掺蜜的伏特加，也没忘了为女士们举杯，因为三月八日可是男士们将功补过的日子。

三月九日

中午，谢尔盖开了一瓶三升装的啤酒。酒瓶的标签上还写着"西伯利亚规格"。

五年来，我一直梦想着这种生活。现如今，我品尝着它，感觉却像完成了一件普通的任务。我们的梦想实现了，但却只是在不可避免的宿命中爆裂的肥皂泡而已。

三月十日

出发前往乌齐卡尼。这座小岛在波科伊尼基东面三十公里，位于湖中央。我们在天际线上能看见它的轮廓，像一顶毡帽。西北风呼呼地吹，我像个疯子一样，在毛糙的冰面上贪婪地行进了一公里又一公里。一条鱼在冰下游过。我们俩之间隔着一个世界。它看起来像个囚犯，一层无法越过的屏罩把它与天空分隔。我的心都因它碎了。有时，我躺在雪堆上，透过风帽的椭圆形开口望着单调的蓝色天空。雪橇拖慢了我的速度，但每当有狂风推它一把，它又会在冰上喷射出去，冲到我前面。我得略微后倾才能让它刹住。六小时后，我抵达了这个岛。

此地的主管名叫尤拉。他和妻子住在岸上的气象站里：四座面朝夕阳的大木房。他具有岛上隐士的那种独裁性格，克利伯顿岛国王综合症。当伏特加点燃眼底的火苗时，他的专制又夹杂了几分疯狂，在自己的这个行省，唯我独尊。贝加尔湖的站点如同一块块领地，莫斯科法律的回声传到这里时已经逐渐式微。政府与这些隐居的公民之间有着心照不宣的协议。前者不会发放一个卢布的补贴，后者则弄虚作假，尽其所能地搜刮一切。

三月十一日

我以半睡半醒的状态在乌齐卡尼岛上度过了一整天。西伯利亚的阳光照耀着枞木屋的门脸，光线在木屋里弥漫。躺在床上读荣格尔日记《消逝的七十年》第一卷。这位老占星家不会喜欢充斥这里的光亮，它过于刺目，泯灭了事物的一切神秘。预言者黯淡的眼睛更习惯于适中的色调。我从每一页中汲取着不同的映像，有闪光，有幻象。荣格尔通过象征表达了物质世界的形而上学。

第二十七页："普遍进步在于对事物和人类的量化，把它们变成数字。"

第六十六页："应当把人视为符号的携带者、信号机。"

第一一九页："神灵徘徊在这里，我并不需要知道他们的名字，如同树消逝在森林里一样，它们迷失在自身的神明中。"

第一六四页："如果只在锡兰度过一天，比起被拖着从一座寺庙逛到另一座寺庙，向几棵老树表达敬意或许更好。"

第一九九页："破除神秘的目的在于使人及其行为顺从于机器世界的法则。"

第二六六页："我们越不关注差异，我们的直觉就会越强；我们听见的不再是树叶的簌簌声，而是森林对风的回答。"

第三五三页："入场权。而更常使用、效果更好的则是对退场权的要价，为了不再与社会有任何瓜葛而付出的代价。"

第三六六页："不断提高的速度是世界正向数字转变的一个症状。"

第五一九页："有一天，蜜蜂发现了花朵，并以自己的温存对其进行加工。此后，美在世界上的地位就上升了。"

我对格言警句、俏皮话、箴言的热爱是打哪儿来的？我更倾向于个别而非整体、注重个人而非集体的习惯又是从何而来？碎片①,某种曾经存在的物品的残存,它的形状里保留着原先那个瓶子的记忆。碎片或许是个生灵,怀念着已经逝去的整体,为与整体重逢而追寻。这正是我在这里、在林中,一边灌着酒一边做的事情。

尤拉忙着他的事。他永远不会回到城市里。在岛上,他享受着无拘无束的生活不可或缺的两种组成因素:孤独和辽阔。在城市里,除非有法律整顿人们的放纵生活、调节他们的需求,否则人群无法生存。当人群集中在一起时,行政管理便诞生了。这一原理像新石器时代的村落一样古老,笼罩着一切人类聚居地。对于隐居者而言,从有两个人时起,摄政时期便开始了。它的名字就叫做婚姻。

过林间生活的人对所谓的"公民城市"计划抱有深深的疑虑,这些城市实行自治,既没有监狱,也没有警察,但自由突如其来地取得了胜利,统治着当家做主的人们。他们看到了这些乌托邦中怪诞的自相矛盾,因为城市是文化、秩序,以及它们自然而然诞下的女儿——强制——在空间中的铭文。

只有回归广袤无垠、荒无人烟的旷野,才可能建起和平的无政府主义。后者的存在以一条非常简单的原则为基础:与城镇发生的一切相反,林中生活的危险来源于自然,而非人类。因此,负责管理人类关系的核心法则也不必深入这偏远的地带。梦想一番吧。我们可以想象,在西方的城市社会,像在波科伊

---

① 原文为作者姓氏 Tesson,在法语中意为"碎片"。

尼基或扎瓦罗特努一样，有一小群人渴望逃离世纪的前进进程。他们厌倦了人口泛滥的城市，统治这些地方意味着要不断颁布更多的规章制度，他们痛恨着行政管理这一难绝的祸根，厌倦了新技术在日常生活各方面的统治地位，预感到超级都市的增长将带来的社会和美学混乱，于是，他们决定离开城镇，回归森林。他们将在像教堂大殿一样开阔的林间空地重新建起村落，创造一种新生活。这一运动类似于嬉皮士的经历，但却由不同的动机推动。嬉皮士逃避的是压迫他们的秩序，森林的新护林员逃离的则是令他们气馁的无序状态。树木已准备着迎接人类的到来；它们早已习惯于永恒的回归。

为了获得内心自由的感觉，必须有丰沛的空间与孤独。此外还得加上对时间的掌控、绝对的宁静、粗粝的生活，以及触手可及的自然美景。这些战利品的方程式最终将导向小木屋。

三月十二日

我回到湖岸，在梦游状态中走了三十公里，花了七小时来到波科伊尼基。整个下午，我坐在谢尔盖小屋旁的长凳上，全身穿得暖暖和和，像个小老头一样一动不动，一个刚在零下三十一摄氏度的环境中跋涉三十公里的小老头。

谢尔盖过来坐下，我们谈起了夏季来贝加尔湖游览的人，有英国人、瑞士人、德国人。

"我喜欢德国人。"谢尔盖说。

"啊,是的,哲学,还有他们的音乐……"

"不,是汽车。"

晚上,我在床边点起一支蜡烛,放在萨罗夫的圣塞拉芬圣像前。无论去哪儿,我都随身带着圣像。我在圣像边铺开的一张纸上抄下荣格尔一九六八年十二月记录的一句话:"夜空中,云彩在灰白的月亮前面飘过,此刻,一支美国人的小队正在绕月航行。当我在坟墓前放上一支蜡烛时,影响微乎其微,但其中的意味无比丰富。它照耀了整个宇宙,确证了宇宙的意义。美国人绕月飞行,影响虽然很大,其意义却逊色得多。"

然后,为奖励自己向宇宙发射了信号,我灌下了两升半啤酒,使双腿得以放松。

三月十三日

这天晚上,我做了各种乱七八糟的梦。在巴黎时从未出现过这种情况。一般解释应该是说这与我的睡眠质量有关,它有利于梦幻症的发作。我本人则更倾向于另一种想法,此地的神灵在夜里秘密来访,化做光芒潜入我心中的奥秘,为我的梦塑好了原料。

黎明时分,从伊尔库茨克开来的一辆车送来了老好人尤拉,就是那位几天前拜访过我的浅色眼睛的渔民。他住在波科伊尼基站的一座小木屋里,以捕鱼为生,另外还帮谢尔盖干些体力活。

他刚去伊尔库茨克待了两天,重办证件,那些还是他在苏联解体时骗来的。

"换了三个总统了,我还没离开过林子:叶利钦,普京,还有梅德韦杰夫!"

"伊尔库茨克最让你震惊的是什么?"

"商场!到处都是。而且还那么干净!"

"还有什么?"

"还有人,他们讲话都那么亲切。"

中午,告别了尤拉、谢尔盖和娜塔莎,我开始了返回住处的三天旅程。波科伊尼基湾北面是一片冰冻的沼泽。夏季,在这片区域行走得费很大劲儿,冬天使人们能够报复它一次。

我朝反方向前进,晚上在大索罗茨维的小木屋落脚。花了好长时间,炉子才通风。木屋的温度悄悄地上升,我待在火炉边。猫儿什么都懂。我想着,回到法国以后,一定得确认是否出版过"小木屋哲学",因为在这个夜晚,我感觉像胎儿般舒适。

首先,这里有孕育生命的有机母体。在沼泽、煤层和泥里,细菌浸淫其中。原始的汤剂里将迸发出更加复杂的生命形态。随后,大地担负起保持热量的任务。子宫、袋囊、卵成为孵化器。原始的居所则起到了恒温箱的作用。人也待在岩洞里,大地的中央。后来,雪屋和圆形的蒙古包、小木屋和羊毛帐篷应运而生。西伯利亚森林里的隐居者为维持遮蔽所的温暖而耗费巨大能量。躯体总能在那儿获得安全和舒适。此后,沉迷于孤独的人则准备在寒冷艰苦的条件下遨游森林、攀登山峰。他知道，有座避风港在等待着他。小木屋履行着母亲的功能。危险则在于在这个小窝里过于安逸，以半冬眠状态浑浑噩噩地度日。这一习性威胁着许多西伯利亚人。他们无法再脱离小木屋的氛围，退化至胚胎状态，用伏特加替代了羊水。

三月十四日

今天天气很好：零下三十八摄氏度。我在冰上一连冲了二十公里。冰和熔岩一样，都是奇妙的物质。二者均经受了另一元素施加的变质影响。空气的冷冽冻僵了水，形成冰。火的炙热使岩石化为液体，变成岩浆。二者还将再次变幻形状。空气的温暖将摧毁寒冰，而冷却的水也将使岩浆石化。在宽广的冰层上行走并不是一种无足轻重的行为。我们的脚步正敲打着一片无穷变换的平面。冰是我们这个世界炼金术的一项成就。

我拖着雪橇向北走，离扎瓦罗特努还有十几公里。这时，他们突然出现在附近。他们关掉雪地摩托的引擎，看起来还没被冻僵。娜塔莉亚和米卡在扎瓦罗特努拥有一座枞木屋，他们远远地看到了我，便向这个湖岸边的人影赶来。只用了几秒钟，娜塔莉亚就在湖面上铺了一块油毡布，摆上了一瓶白兰地、一个鱼肉圆馅饼和一个装着咖啡的保温瓶。大家躺坐在四周。俄罗斯人有一种能在瞬间创造出欢宴气氛的天分。多少次，我曾在路边遇见过庄稼汉用双手围成喇叭朝我大喊，打手势叫我坐下。在这种情形下，宾客们总是毫无例外地席地而卧，胳膊肘支地，两腿交叉，皮帽挂在脑后。有时人们点燃篝火，从包里变出东西，打开一瓶伏特加，哈哈大笑，斟满酒杯。大家分享面包，切开剩下的驼鹿肝。谈话逐渐热烈起来，但总是围绕三个主题：天气、道路状况、运输工具的价格。有时，话题涉及城市，所有人一致同意：只有疯子才会人叠人地挤在一块儿。于是，就在这旷野之中生出了一片绿洲，那片方块油毡就是边界。只有流淌着游牧民族血脉的人才能完成这一嬗变。佩罗夫在那幅著名油画《休息中的猎人》中描绘过这类场景。画中有三个人懒洋洋地躺在草丛中，身前是他们刚刚猎到的野鸭和兔子。其中一人抽着烟，他们一边笑，一边讲述着生活。光线柔和，草地丰润。这幅画使我着迷。它完全不讲述希望，而是一幅当下感受到的快乐的快照。就算天塌下来，这三位朋友也毫不在乎。他们就待在那儿，坐在草丛中，像君王一样。正如冰上的我们。

娜塔莉亚和米卡又出发了。在此期间，我们干了七次杯，喝光了那一小瓶白兰地。我费了不少劲儿才到达扎瓦罗特努。太阳已经落山。我的性情似乎更适合于住在东岸。那里的太阳升起得更晚，夜晚盘桓得更久。

三月十五日

离我的住处还剩八十公里。我正准备从扎瓦罗特努出发，一个四驱车队从天际线一跃而出,车顶还旋闪着警灯。伊尔库茨克商人V.M.利用自己的身份,钻了保护区法律的空子,正在扎瓦罗特努建造一座枞木屋。这所大房子将用于他的乡间聚会。明年,他就会邀请朋友或客户来钓鱼、饮酒、打猎。今天早晨,他带着一群扈从来这儿视察工地。谢尔盖和尤拉作为陪同。按照当地人的叫法,"将军"对待保护区的守卫们慷慨大方。湖岸上已经立起了这座金色大木屋的地基,一大群人挤在房前的冰面上。所有人都醉醺醺的。人们卸下箱子。V.M.的一名副官向我展示了他的赛加MK,这把七点六二毫米口径的枪他从不离身,以防在冰上撞见一个法西斯分子。这就是为什么俄罗斯报纸总是充斥着以悲剧结局的散步故事。在阿富汗,美国人向朝天狂扫子弹的狂欢人群发射火箭,从而给此类惊喜派对画上了句点。俄罗斯人则装满弹夹射击自己人。

　　一帮醉汉、军火、伏特加、大汽车和技术:这些正是吸引死亡的原材料。尤拉用他那逆来顺受的眼睛注视着这些人搬卸。一股不祥的能量在湖湾聚集。整个俄罗斯都沉淀于此:危险的领主,托尔斯泰笔下的忠实奴仆,猎人谢尔盖。那些卑微的人很清楚亲近权贵能带来利益,因而咽下了厌恶的感觉。这个依然残存着封建臣属关系的国家却一度成为共产主义的试验田。我只想赶紧干一件事儿:离开。

　　V.M.提议用他的梅赛德斯载我回家。与我们一道登上这辆巨大汽车的还有谢尔盖以及另外两个俄罗斯人。其中一个一眨眼的工夫就睡着了，另一个人冲着对讲机吼了三分钟，才发现没开机。收音机喀拉喀拉地放着说唱乐。谢尔盖一言不发。为获得赞助而付出的代价不菲啊。

现在，我们正在我家把酒言欢。V.M 指着窗户说："我在美国住过一年，我不喜欢美国人的心态。我想要的在这儿：自由、无政府、湖。"大家一杯接着一杯。最后，这些家伙真叫人感动。他们的嘴脸能把车臣扯成碎片，却又小心翼翼地和山雀分享一片面包干。他们和我出于相同的理由待在这片湖岸上，表现出来的行为却完全相反。等他们离开后，我喘了口气。为了防止交通堵塞，他们又打开了车顶的旋闪灯。

静谧重新回到我的身畔。这无垠的静谧并非由于不存在任何声音，而是因为一切对话者一并消失了。对这片居住着鹿群的森林，载满鱼儿的湖水，鸟儿飞过的长空，我的内心涌起一片爱意。随着 V.M. 一伙人越走越远，这种类似于垮掉的一代所感受的大爱也越来越深，直至将我淹没。我所恐惧的一切都随他们而消逝：噪音、因聚合在一起而产生的骄傲、对捕猎的饥渴——简言之，一伙步步紧逼的人群所散发的狂热。

我也醉了，得喝点水。在我离开的十天中，取水洞又冻结了。我用冰镐凿着湖面，用一个半钟头加工成了一个宽一米、深一点一米的漂亮冰池。水汩汩地喷涌出来，我快乐地汲取着，有一种赢取了自己的水源的感觉。手臂的肌肉又肿又痛。过去，乡村和森林的生活使人们保持健康。

三月十六日

在我离开的那个世界，他人的存在控制着我们的行为。这是行为纪律的一部分。在城里，在邻居的目光看不到的地方，我们的举止便没那么文雅。谁没有过独自站在厨房里吃饭的经历？一边窃喜不用摆上餐具，一边狼吞虎咽地吞食着冰冷的饺子罐头……住在小木屋时，松懈的精神威胁着人们。有多少孤单的西伯利亚人在摆脱了社会的一切强制性之后，深知再也不会有别人看到自己的形象，最终的下场却是萎靡地躺在堆满烟蒂的床上搔挠自己的疥疮？鲁滨逊很明白这一危险，因而决定，为了防止自己堕落，每天晚上必须盛装打扮，坐在桌前用餐，就像在接待宾客一样。

我们的同类确证了世界的真实性。如果在城里闭上眼睛，让人宽慰的是，现实并不会就此消失：其他人仍继续感知着世界！隐居者独自一人面对自然。他仍是现实的唯一注视者，肩负着展示世界的重任，使它暴露在人类的目光下。

我丝毫不害怕烦闷，这世上有比它更令人痛苦的伤痛：因无法与爱人分享所经历的美好时刻而产生的悲伤。寂寞：在获得这些感受时，别人却由于不在身边而错过了这一切。

在巴黎，大家警告即将出发的我，无聊将是致命的敌人，我会崩溃的！我礼貌地听着他们的话。说这些话的人感觉这能为自己创造一种绝妙的消遣方式。"孑然一身时，我从自身的存在吸收养分，的确如此，而且这源泉无穷无尽……"卢梭在

《一个孤独漫步者的遐想》中这样写道。

卢梭在"漫步之五"中感受了寂寞的考验。他说，孤独者必须强制自己执行道德的本分，不可允许自身做出残忍的行为。如果他行为不端，那么隐居的体验将对他施加双重惩罚：一方面，他必须承受被他自身的恶意所玷污的气氛，另一方面，他必须吞下自身行为未能无愧于人类的失败苦果。"世俗的人希望获得他人的赞许，孤独者则必须获得自己的赞许，否则生命将变得无法承受。因此，他自身必须富有道德。"卢梭的孤独催生了善意，后者又产生反作用，使他对卑劣人类的记忆逐步消散。它是香膏，抚平了因对同类不屑而产生的伤口："我宁愿逃避他们也不愿怨恨他们。"他在"漫步之六"中这样描写人。

对于孤独者来说，宽厚对待周围的一切，为自己的事业而与野兽、植物、神灵结盟，这符合他的利益。为什么还要在严酷的处境之外加上对世界的恶感呢？隐居者禁止自己粗暴地对待环境。这正是亚西西的圣方济各的症候。这位圣人向鸟同胞说话，佛祖抚慰狂暴的大象，萨罗夫的圣塞拉芬为棕熊喂食，卢梭则在采集植物标本的过程中寻求慰藉。

正午，我专注地看着雪飘落在雪松树上。我竭力全身心浸润在这一景象之中，尽量追随绝大多数雪花的飘动。这项练习相当费力。而有些人竟然把这称为无所事事！

晚上，雪一直在下。面对相似的景色时，佛教徒自语："不要期待任何新意"；基督徒则是："明天会更好"；不信教的人：

"这一切有何意义？"斯多葛派："看看会发生什么"；虚无主义者："一切都将自我掩埋"。而我呢："得在雪把圆木遮盖以前砍些木头。"我往炉子里添了一根木柴，然后便入睡了。

三月十七日

接下来几个月得弄清的问题：

我能容忍我自己吗？
三十七岁的我能够蜕变吗？
为什么我什么都不缺少？

天空并未枯竭，雪仍在下。窗玻璃透出了晨曦。小木屋里的生活围绕着三项活动展开。

　　1. 监控其视野（以窗框为界限），并加深认识，注意在其中发生的一切。

　　2. 保持室内状况良好。

　　3. 接待为数稀少的来客，迎接他们，提供讯息，有时则相反，阻拦那些讨厌的家伙。

　　如果我要自夸的话，我会说，这些任务使我像个哨兵，小木屋则是矗立在森林王国前沿的一个哨所。而实际上，这是个看门人的活计，小木屋就是个门房。我在想，下次去林子里的时候是不是该贴个"马上回来"的告示。

傍晚，阳光刺透云层，使雪泛着一层钢铁的色泽，光洁雪白的表面闪耀着水银般的光芒。我试图为这景致拍下照片，但图像完全无法展现那种光泽。照片是虚浮的。屏幕只残留了现实的几何意义，扼杀了事物的实质，压榨其血肉。现实在屏幕前一败涂地。沉迷于图像的世界剥夺了自己品味生活神秘气息的权利。任何摄影镜头都无法截取风景在我们的心灵所触发的模糊回忆。一张脸庞向我们散发的负离子或不可触知的劝诱，什么相机能捕捉这一切？

三月十八日

我的粮食储备逐渐耗尽，得找个法子捕鱼了。贝加尔湖的西伯利亚人使用一种简单的方法。他们往一个冰洞里放上一把从沼泽里搜集到的活水蚤，他们称之为松林蝇饵。被这天降美食所诱惑的鱼便成群地麇集在冰洞下方。接下来，只需把饵线扔下去啦。我身边既没有沼泽，也没有松林蝇饵，便用了护林员的老技巧：我在湖滩旁凿出一个大洞，在湖底上方三米远，里面浸上锯下来的大捆雪松树枝。几天后，松针上就会聚集成千上万的微生物。我只需把它们收集起来，拿去引诱鱼儿。

风向保持为南风。时光在雪上停留，那白色吸收了一切声响。罕见的宁静笼罩着四周，空气十分温和。温度计显示为零下十五摄氏度。

三月十九日

这天晚上,我被爆裂声所惊醒。其中一声轰响尤其猛烈,把木屋的梁柱震得直晃。巨量的水在监牢中发起了反抗,抗拒着冰盖的监禁。

雪一直在下。一切仍是静止。在此之前,我像离弦的箭一般旅行,现在,我成了插进土地的木桩。另外,我开始食素。我的生命开始生根,举止逐渐放缓。我喝大量的茶,对光线变化变得极其敏感,而且不再吃肉。小木屋成了一座温室。

室内世界	户外世界
母性的小木屋	父亲般的湖泊
温暖	冰冷,干燥
温润的木头	坚硬的冰
安全	危险无处不在
火炉的呼呼声	爆裂声
梁柱上泪滴般的树脂	浮冰的闪光
精神运动	体力劳作
身体变得油润	身体逐渐干涸
皮肤变白	皮肤龟裂,皱纹深划

干了很久砍木头的苦差。又有一棵树被锯断、劈细、垒齐。然后,我又用铁锹在雪地里铲出通往湖岸、班亚和柴堆的小路。

托尔斯泰建议每天进行四小时的劳作,以获得食宿的权利。

晚上我失眠了。我想象着此刻在小木屋近旁徘徊或入眠的野兽。水貂,没有人渴望着把它们变为皮草;鹿,没有人梦想着用它们炖砂锅;还有熊,在死亡的一刻,它的雄性气概无与伦比。

三月二十日

此后的每个早晨,山雀都来轻啄窗畔。那嘟嘟嘟的声响成了我的闹铃。天气温和,我搬了个凳子坐在离湖岸两公里的地方,点燃一支罗密欧和朱丽叶二号雪茄(略干),凝望湖畔。至此,对于那些山峦,我已经学习攀登、下山、寻找路线、估算高差,但还从未"凝望"过它们。

晚上,阅读卡萨诺瓦。被囚禁在威尼斯铅皮监狱里时,他写道:"请相信,要想自由,只需坚信自己是自由的。"他喜欢包裹有爱人发粉的夹心糖。我真该带一些来。他向伏尔泰批判人文主义者的乌托邦:"你们的首要激情是对人性的爱……但你们并不爱它本身的样子。你们想加诸于它的种种善行,它并不知晓……当我读到堂吉诃德狠狠地抵御那些他出于高贵心灵而解放的苦役犯时,从没如此开怀大笑过。"

三月二十一日

今天是春天降临的日子。天空碧蓝,我向着林子出发了。

我沿着那条在小木屋以北五百米处注入贝加尔湖的冰冻河流溯流而上。

自然的寂寞与我的寂寞相遇了，两种寂寞由此证实了自己的存在。在粉雪堆里艰难行走时，我想起米歇尔·图尼埃的思考，他因身边有个同类而感到欢喜，因为这样才能使自己确信这世界的存在。我独自一人看着这些树皮上装饰着纵向条纹的白蜡树。灌木丛上堆着雪，仿佛挂着圣诞球。形状扭曲的落叶松使山谷有了木版画的风韵（在中国画中，人们总是觉得山峦和河流承受着煎熬）。目光如同洗礼，但在目前的情形下，没人与我的视线汇合，赋予这些形态以生命。我只能以自己如炬的目光使万物鲜活起来。如果有两个人，我们或许能迸发更多。

我继续前行，超过这片灌木，它从我的视野中消失了。它还存在吗？如果有个同伴，我会让他留神，别让这世界在我身后消逝。叔本华认为，只要有主体的一个表象，就能确认世界的存在。这是一种有趣的心灵视野。但那无关紧要，森林啊，我不正感受着它以全部力量在我背后发散的光芒吗？

随着山谷越来越窄，在海拔约八百米处，我抵达花岗岩山脊之巅。那儿何其陡峭！在这片白雪覆盖下的矮松组成的泥沼地里，爬上两百米是多么吃力！在无垠的青铜色泰加森林中，一条浅色的曲线蜿蜒蛇行。那是长着金色树枝的白蜡树。它们像一股流淌的蜂蜜，映衬着激流的奔涌。

我花了两小时沿着那长长的苍白小径、平坦的空地和静谧的林荫道下了山。冬季的森林是一座死城。回到小木屋后，我又沉浸在卡萨诺瓦的世界。拜访了艾因西德伦修道院后："要想幸福，我似乎只需要一座图书馆。"描写一位年轻的意大利女子："还没向她致以她的魅力应得的敬意就得离开，这是用苦行折磨我。"卡萨诺瓦游历过罗马、巴黎、慕尼黑、日内瓦、威尼斯和那不勒斯，说法语、英语、意大利语和西班牙语，与伏尔泰、休谟和哥尔多尼交往，引用哥白尼、亚里士多德和贺拉斯的语句。他的情人名叫多娜·露克莱西娅、海德薇或亨利埃特。两个世纪后，一些技术官僚称，他热忱地"建构欧洲"。

晚上八点，我摆好餐桌。晚餐有一份汤，意大利面，塔巴斯科辣椒酱，茶，二百五十毫升伏特加和帕塔加斯铝管雪茄。塔巴斯科酱能让人吞下任何东西，并且感觉好像吃了些什么。临睡前，我在小爱人的照片前点燃了一支大蜡烛，一边抽烟，一边看着火光在她脸上舞动。分隔两地的情人们抱怨什么？为了安慰自己，只需相信生命就化身在圣像中。我吹熄油灯，逐渐入睡。

今天，我没有伤害这个星球上的任何生命体。杜绝伤害。奇怪的是，沙漠中的隐遁者在解释他们的隐退时，从未提过这种美好的关切之心。帕科姆、安东尼、杭瑟追念他们对时代的恨、与魔鬼的搏斗、内心的焦灼、对纯洁的渴望、对抵达天国的急切，但从未提到不伤害其他人而生活的理念。杜绝伤害。在雪松北岬的小木屋里待上一天后，我们可以望着冰面对自己说出这句话。

三月二十二日

暴风雪持续了一整夜。俄罗斯人把从贝加尔湖西面的山坡呼啸而来的狂风称为"萨玛"。放在挡雨板下的工具发出清脆的撞击声,使我久久无法入眠。巢中的鸟儿怎样了?明天它们还会活着在那儿吗?

风卷走了湖面的雪,把冰面交还给我。我一边听玛丽娅·卡拉斯,一边在冷冷的太阳下滑了两小时冰。

我已经收好了五天的木柴,所以晚上没有大事可做。我在纸上记下了归隐的原因。

我把自己幽禁在一座小木屋里的原因

我太多话

我渴望宁静

有太多信件没回,有太多人要见

嫉妒鲁滨逊

这里比我在巴黎的家暖气更足

厌倦了购物

为了能够吼叫并赤裸地生活

厌恶电话和发动机的噪音

三月二十三日

我穿着雪鞋在湖滩和树林里走了一天。有种观点认为景观也有记忆。农田记得教堂的三钟，长满虞美人的田野记得年少的爱情。但这里呢？树木并无记忆。它们既没有变化，也不保留历史，它们沉默无语，人类任何活动产生的回响在叶簇下都无法持续。泰加森林自顾自地卧在那里，覆盖谷壁，攻向陡坡，但无欲无求。人类难以忍受大自然的漠视。在森林处女地的景致面前，他梦想的是开花结果和萌芽初绽。人类投向泰加森林的目光先于斧头的声响。哦，突然之间，我们这些工业动物的苦恼又增加了一项：蛮荒大地没有我们完全可以过得很好……谁会因为大自然的内禀价值而非自身利益而热爱它呢？罗曼·加里在《天根》中生动地塑造了一个比同伴更坚强的死亡营囚犯的形象。晚上，他躺在床架上闭上眼睛，脑海中想象着一群群野象。这些巨兽自由地生活在非洲大草原上，知道这一点已足以使他的灵魂坚定起来。厚皮动物为他注入力量。只要有人类尚未涉足的泰加森林存在，我就会感觉安稳。野性给人慰藉。

我登上山丘顶峰，在花岗岩块的角落里升起一大堆火，煮了一份汤，这也给了我借口，让我能一动不动地坐在那儿，眺望湖泊那死尸般的青紫面容、大理石似的斑纹、脱落的皮屑和生出的青苔。

三月二十四日

今早我真不敢起床。我的意志已经在纯洁时光的田野里自由放纵。若有危险，那将会是：一边凝视着那片雪白呆坐到黑夜，一边不断自语："上帝！我是多么自由！"

又下起了雪。一个人也没有，远处甚至没有任何交通工具的踪迹。这里唯一的过路客，只有时间。见到山雀出现已经成为我生命的幸福源泉……我再也不会嘲笑那些在欧特伊的人行道上与鬈毛狗相依而行或是将一只金丝雀视为生命核心的老妇了。还有那些在杜伊勒里公园紧攥纸袋忙于喂食鸽子谷物的老头儿。亲近野物能令人返老还童。

《查泰莱夫人的情人》第七章，克利福显然令人生厌。他使可怜的康斯坦丝感到恶心："他便谈着，总是谈着，无限细微地分析着各种人事、因果、性格及人品：她已经够受了……她现在清静了，她真是感恩不尽哟。"我合上书走出去，冒雪举起斧头，发狂一般"砰！砰！"地砍了两小时柴，康斯坦丝夫人迸发了我的热情。这斧头的次次砍击与松鸦的冷笑中蕴含的真理远远超出那些心理学的长篇大论。砰！砰！"必须最早展示的东西都毫无价值"（尼采的《偶像的黄昏》）。任由生命呈现在鲜血、雪花、斧刃和秃鼻乌鸦的聒噪所反射的阳光里面。

今天，我查看了雪层下的松林蝇饵陷阱。我小心翼翼地敲碎冰面，避免触动那些枝叶，铺上一块遮布，取出树枝，拎着它们在水桶上方晃动。成千上万微生物在清水中跃动。把它们倒进瓶里。现在,我有了自己的诱饵,过几天就去捕鱼。

把《查泰莱夫人的情人》视为色情作品的人必定具有扭曲的心灵。这本小说是一首献给受伤自然的安魂曲。在康斯坦丝眼中,安详的田野与充满回忆的林木掩映下的英格兰已奄奄一息。采矿业的发展蹂躏着不列颠的土地。矿井将田野开膛破肚,烟囱耸立在污迹斑斑的天空中。空气发臭,砖块变黑,连人的面庞都变得冷酷。这个国家向工业卖身为妓,新兴的商人——技师阶层无聊地评论着抽象的社会政治话题,靠技术投机。这是一个世界的垂死之日。"工业英国抹杀着农业英国。"康斯坦丝感到一股活力在血肉中升腾。她明白,技术进步正在消灭这世界的实体。劳伦斯借这位年轻女子之口说出了先知的预言,风景将变得丑陋,心灵逐渐愚钝,一个失去活力(她用的词为"雄性气概")的民族在机械化速度中的悲剧。当查泰莱夫人目睹现代人的灵魂被一股"阴暗力量"吸入海底时,一种异教徒般的原始爱情则在她心中盛放。普罗米修斯式的"精神失常"使生命在机器的轰隆声中逐渐式微。高尔基在《忏悔》中的说法则与此相反。这位革命者为俄罗斯投入的巨大进步力量感到欢欣鼓舞。在他看来,集中于工业中心的怪兽般的能量将把它的磁场云散播到全世界。这种"精神心理"力量将促使全世界人民挽起袖口,使明天更值得颂扬。劳伦斯为那让全世界燃烧起来的巨大压力而忧虑,高尔基则全身心地呼唤它。劳伦斯知道温柔的乡村是美的一张面容,高尔基则只相信冶金电光闪过天际时的光辉。欲望蒸腾中的康斯坦丝因世间的激情而煎熬,在森林的枝叶下喊出了这句悲剧演员式的问句,但机器的轰鸣声已然掩盖了她的呼喊:"人对人都做了些什么?"

今晚,我坐在雪松穹隆下的木凳上,注视着湖面。首先,比一切都重要的,是眼前的美景。其次,一切都能解决,生命可以从头开始。查泰莱夫人说得有理。我在回屋睡觉前自语,很欢迎她来此地小住几日。

三月二十五日

与太阳同时起床。面对如此伟大的荣耀,我又小睡了一会儿。今早的天气使我多日来第一次能够出门。我从另一路线攀登至瀑布,这次是沿着湍流的右岸上行。堆满雪的森林为我准备了考验。两小时后,终于攀完了四百米高差。啄木鸟敲击着死树的木桩。随后到来的是两百米坚实的平地。但此后又是一段苦难的历程,那是一片矮松拥塞的背斜谷。我在这些一米深的陷阱里跌跌撞撞。我瞄准了冰瀑布上方一百米处一块凸出的花岗岩。从下面透过望远镜看,似乎是一块利于扎营的平台。

一层薄雪模糊了视野中那安详躺卧在山脚下的湖泊。我的直觉没错,海拔一千一百米处的山脊有一片完美的山肩,提供了最佳观测点。人们可以在那里度过一个田园诗般的爱情之夜。我拥有这个地方,已经无与伦比了。

我一边踏着深及大腿的雪走上返程的路,一边像俄罗斯人一样嘀嘀地喊,后来我闭上嘴巴,聆听雪在白色树尖上发出的噼啪声响。

在河口处,我沿着狐狸留下的痕迹来到平坦的湖畔,肌肉终于获得了宽恕。这只狐狸先朝空旷处跑了三公里,然后又返还,画了一个圈。一只单纯狐狸的漫步。

现在雪下得紧密起来。世界被掩蔽起来,这使得孤独的啃噬一下增长了十倍。孤独是什么?一个万能的伙伴。

它是涂抹在伤口上的香膏。它是一个共鸣箱:当我们独自获得某种突然出现的印象时,它的效果将放大十倍。它将责任加附于人:我是人类向空无一人的森林派出的大使,必须为那些无法获得这一切的人享受这里的景致。它催生思想,因为唯一可能进行的对话只能与自己发生。它让所有人摆脱闲聊大论,使审视自身变为可能。它召唤了我们对所爱之人的记忆。它用友谊将隐居者与植物、野兽,以及偶尔途经的小小神灵紧连在一起。

傍晚,我检查了我的松林蝇饵,这些小生命活得很好,在瓶里游来游去。明天或者后天,它们就要被用做诱饵。

晚上八点,我心怀对周围一切的爱意,在这山麓湖畔、林木边缘的小方块木屋里休憩。

我读着中国诗词沉沉睡去,还记住了两句诗,在与人对话而词穷时可以引用:"此中有真意,欲辨已忘言。"

三月二十六日

雪。我在湖上漫步,仰起脸,张开嘴,从天空的乳房吸吮着雪花。

晚上，我用手摇钻在冰上钻了一个洞，它离湖岸一链之遥，深四米。我把松林蝇饵扔了进去，这一大团甲壳类生物搅浑了清水，现在只等红点鲑鱼到来了。塔巴斯科辣椒酱拌意面已经开始使我腻烦。

三月二十七日

读了一上午的中国诗词。我带着雪鞋、冰刀、鞋钉、冰镐、鱼线来到这儿，而在读到的故事中，隐居者们坐在石凳上看清风吹拂竹林。啊，天才的中国人！他们竟能发明出"无为"的道义，为自己在陋室门槛前沐浴在云南阳光下的行为辩解……

晚上钓鱼，我坐在板凳上，把饵线笔直地浸入水中。通过冰洞能看见游来游去的红点鲑鱼，它们都被松林蝇饵吸引过来了。垂钓是一种中国式活动：我们任由时光如流水般穿越身躯，眼睛紧盯鱼竿，期待着它的颤动。但它一整晚都没有到来。

我把一无所获产生的忧伤浸润在二百五十毫升伏特加中，任凭酒精在血管中翻腾。为我干杯吧，中国诗人！

三月二十八日

我们对超验性的需求可谓奇特。为何信仰一个超然于其创造物之外的上帝？劈啪作响的冰面，山雀的亲切，山峦的强壮，这些表征比它们的部署者更令我振奋。对我来说，这一切足矣。如果我是上帝，我将粉化为千面，化身于晶莹的冰块、雪松的松针、女子的香汗、鲑鱼的鳞片和猞猁的眼睛。比起漂浮在无垠的太空远眺这颗蓝色星球自我毁灭，这更令人兴奋。

一层浓雾飘落到湖面上方。天际线模糊一片。我裹紧全身，向那空旷走去。两公里后，湖岸便从视野中消失了。我走了两小时，只有足迹将我与小木屋相连。我既没带指南针也没有GPS，如果刮起风吹散脚印，就找不到回去的路了。我不知道是什么推着我继续前行，是一股有些病态的力量吧。我已经陷入了虚无。突然，两小时后，我自语"够了"，便加大步伐走上了回程。又过了两小时，峰峦已没在白纱后，我回到了小木屋。

在中国传统中，老人在陋室里隐居，迎接死亡。有些人曾侍奉皇帝，身居官职，其他则是些雅致的文人、诗人，或是简朴的隐士。他们的木屋如出一辙。其所在位置必须符合精确标准。这座庇护所应当位于山间，有清泉相伴，和风拂林木。有时，他们的目光投向人们劳作的山谷。焚香氤氲能助时间流淌。晚上，一位挚友造访，则用清茶雅言招待。这些人曾想在世间作为一番，最终归隐山林，任凭俗世自生自灭。生命是在两种欲望中摇摆。

但要注意，中国式的无为并非淡漠忧郁。无为使人对万物的感知力更加敏锐。专注于穹宇的隐士对其间最微不足道的一面都施以极致的关切。盘腿坐在杏树下的他听见花瓣轻坠池水的声响。他看见飞翔的白鹤羽翼轻颤，感到空气中升起甜美的花香，萦绕整个夜晚。

今晚，我记下了公元四二七年逝世的诗人陶渊明的《自祭文》："捽兀穷庐，酣饮赋诗。识运知命，畴能罔眷。"……

我在睡下时想到，既然有人能用三十个字浓缩一生，写日记还有什么意义？

三月二十九日

今早零下三摄氏度。这是第一个春日。山雀聚集在南窗下面。有时狂风突起，摇动雪松，积雪簌簌坠落。这片风景中划出了道道灰色的游丝。

我边读中国诗词，边啜饮伏特加。如果世界崩坏，我能听见回响吗？小木屋是一座木质地堡，原木便是它的闪亮钢甲！松木房梁、烈酒和诗歌铸成了三重护甲。"我的小木屋在远方，而我一无所知"：这是一句诞生于泰加森林的俄罗斯谚语。

与之相悖的是巴黎的强制："你得对任何事都有观点！你去接电话！你应该愤慨！必须能联系上你！"

小木屋的信条是：不反应……不活跃……不脱离……微醺地漂浮在白雪覆盖的寂静中……对世间的命运淡漠……阅读中国诗词。

风力加强。世界撞击着窗格，要求我为它敞开。保护我吧，我的书！保护我，我的酒瓶！保护我，我的小木屋！让我避开这偏要来惊扰我的东北风！这一刻，如果有人送来一份充斥新闻的报纸，对我来说将犹如一场地震。

正当我几乎肯定将要落入这一境地时，读到了九世纪诗人杜牧的诗句：

> 小楼才受一床横，终日看山酒满倾。
> 可惜和风夜来雨，醉中虚度打窗声。

三月三十日

今天，我沿着一条新路线去了一趟冰瀑布。我登上小木屋南面的第一座峰谷，到了海拔一千米处，沿着山肩走上一条漫长的迂回小路。我越过山脊，几块风化的花岗岩像宪兵一样冒出雪层。我继续顺着斜坡上冻硬的雪赶路。有时，一簇矮松破坏了我所做的努力，整整五小时后才抵达瀑布所形成的缺口的左岸。我在森林上方停留良久，暗暗希望能瞥见一头鹿。除了一只狼獾在树底留下的踪迹外，一无所获，但这已让我欣喜不已。

回到湖畔后，我在傍晚五点捕到了第一条鱼。没过几分钟，第二条上钩了。一个半小时后，第三条。三条水银色的红点鲑鱼因愤怒而在冰上闪烁着光，电流脉冲穿过皮层。我杀了鱼，一边远望平原，一边喃喃着致谢的语句。那是过去西伯利亚人向他们杀死的野兽或掏空的世界所说的话。在现代社会，碳税取代了这声"谢谢——抱歉"。

盘中是捕来的鱼，杯中是打来的水，火炉里是自己砍的木头，这是怎样的幸福感啊：隐居者从源头汲取。那肉、水和木头仍在微微颤动。

我想起在城里的日子。晚上，上街购物。我在超市的货架之间闲逛，以一种死气沉沉的姿态捡起商品，扔进购物车：我们成了一个反常世界里的猎手和采撷者。

在城市，自由主义者、极左分子、革命者和大资产者付钱买面包、汽油、缴税。隐者既不向国家要求什么，也不为国家贡献什么。他隐藏在丛林中，从中获取养分。他的隐退造成了政府收入减少，而使政府收入减少应是革命者的目标。烤鱼和从森林里摘来的越橘组成的一顿饭比高举黑旗的游行示威更反国家。轰炸城堡的爆破手需要城堡，所以他们在反对国家的同时也依赖着国家。沃尔特·惠特曼说："我与这一体制毫无瓜葛，甚至连反对都谈不上。"五年前十月的那一天，当我发现老沃尔特的《草叶集》时，我并不知道这次阅读将把我引向小木屋。打开一本书是件危险的事。

归隐等于反抗。来到小木屋，相当于从操控屏上消失。隐士消失了。他不再发送数字足迹、电话信号、银行业务，摆脱了一切身份。他采取的是逆向的黑客攻击，退出这个大型游戏。此外，其实并不需要来到小木屋。革命的苦行应在城市中心进行。消费社会为人们提供了抵制它的选择：只需少许自律即可。在物资丰富的时代，人们可以自由选择，是过着脑满肠肥的生活，还是成为僧侣、在书本的低语间消瘦度日。后者无需离开公寓，也能回归内心森林。在资源匮乏的社会，大家别无可选。人们注定贫瘠，受其控制。意志在这里毫无意义。苏联有个著名的笑话，一个人在肉食店里问："你们这儿有面包吗？"回答："啊，不对，在这家店，我们没有肉，要找没有面包的地方，得去隔壁的面包店。"这些故事是从抚养我长大的那位匈牙利女士那儿听来的，我常常想起她。"消费社会"这个词略微有些卑鄙，它诞生于一些因被宠坏而感到失望的大孩子的幻觉。他们无力改造自己，于是梦想被人强迫着回到简朴的生活。

晚上七点，我开始做俄式软饼，原料是小心储存在密封袋里的面粉。一小时后，我把焦炭似的面饼扔在木板上，去外面待了半小时，等待小木屋里的黑烟消散，随后拆开一袋中式面条。

三月三十一日

几天以来，我专心地进行着一项巴甫洛夫式的实验，成果已经开始显现。九点钟，我在窗前用长笛演奏一曲，随后再把面包屑扔给山雀。今早，我刚吹了几个音符，还没撒下给它们的配给，它们已早早到来。我呼吸着黎明的气息，身边被鸟儿包围，只缺一位白雪公主了。

在高山上度过的一天。我沿着"白谷"的林荫而上，它是小木屋北面的一座广阔山谷，长满了日本落叶松。在深渊奋斗了五小时后，抵达一千六百米标高的地方。有时，我感觉自己像头被胶水粘在过梁上的驼鹿。我估计离顶峰还有三百米,但气温太低,时间也晚了,于是下山返回雪松北岬。一只猞猁留下的痕迹切断了我的足迹线。它应该是在一两小时前经过这里,在周围溜达了一会儿。我凑近痕迹,想闻闻气味,但什么都没觉出。我感觉没那么孤单了。今天,在这个偏僻角落里参加欢宴的有我们两个。

晚上,我在林间空地砍树。首先得一鼓作气将斧子大力砍进树的纹理,当那金属深深陷入之后,再略微抬起斧头和它所嵌之处的原木,用尽全力把斧刃砍向截面。如果这一击能成功,树干将裂为两截。随后只要用小斧头把它劈成木柴即可。这个动作完成后,我就不会再错过目标了。一个月前,我得花三倍时间才能完成砍木头这项苦力活。几周以后,我会成为一台砍柴机器的。当金属精确地落在所需的位置,木柴在纤维的喀嚓声中裂开时,我终于说服自己,伐木也是一种武术。

四月
湖泊

四月一日

九点。我正读着米歇尔·代翁的这句话——"你们知道,无论我的意愿如何,孤独是最难保护的东西",房门突然被猛地撞开。四个渔民没打招呼就带着俄罗斯人做事的那种劲头闯进了小木屋。这些家伙是来杀我的,绝不会有其他可能。

他们大吼着,兴高采烈地向我问好。我没听见他们卡车的发动机声。他们要去北贝加尔斯克出售在保护区南部捕到的鱼。我当时吓得把茶泼在了《一辆淡紫色出租车》上。他们当中有断指萨沙,我五年前在冰上遇见的老相识伊戈尔(他也少了几个指节),沃罗迪亚·T和一个我从没见过的布里亚特人安德烈。我做出了友好的姿态:把他们扔在桌上的香肠切成片,打开一瓶酒,摆上杯子。然后,大家开始把自己灌醉。

我请每个人讲讲在哪里服过兵役。沃罗迪亚曾是驻蒙古的坦克兵(为坦克兵干一杯),萨尼亚是北冰洋海岸边的无线电报务员(为北冰洋海岸举杯),伊戈尔在克里米亚当过水兵(给舰队来一杯),安德烈是驻切尔克斯的炮兵(为俄罗斯在高加索地区的安抚政策干杯）。俄罗斯分配入伍士兵的方式仿佛桑德拉尔的诗歌。我的摄像机正放在搁板上，于是，我按下按钮。在四十度克德罗瓦亚伏特加的烈度助推下，谈话逐渐升温。

四月一日的谈话记录

萨尼亚：我跟自个儿说：滚你妈的蛋！

我：明天又是新的一天。

萨尼亚：醉鬼兄弟们，酒鬼们！（给伊戈尔斟酒，对他说：）你呢，你不喝？好样的！

安德烈：愿一切都好！一切，意思就是一切：爱情、家庭，还有一切。

我：你们是从哪儿来的？

萨尼亚：查特拉岬角。有个可怜的家伙在那儿快死了。整个冬天，他就在那儿等死。

伊戈尔：没有娘们，一个人都没有！只有他一个。

萨尼亚：这是他上司的错。他就把他扔在那儿过冬，也不送给养！

我：谁是他上司？

萨尼亚：就是那个该死的……那家伙……那个操蛋的……猎人。

伊戈尔：那一天，我问他："你的枪没子弹吗？"他说："没有，狼离我只有几米远的时候，我就扔石头把它们赶走。"

萨尼亚：我们经过查特拉附近时，看见路上有狼的踪迹。

安德烈：挺阔的痕迹，有这么宽，还很新鲜，真他妈的！

萨尼亚：这家伙呢，早上四点的时候，他出门了，看到十米开外有眼睛闪着光。"后来呢？你怎么不开枪？"我这么问他。然后他说："我没有子弹。"我们一月份回去看过他。他的狗死啦。整个冬天都没东西吃。狗被拴在链子上，饿死了。还有小狗……

安德烈：它们都只剩皮包骨头了。

我：那他呢，他吃什么？

萨尼亚：我不知道。

伊戈尔：我不明白他怎么没有给养。可一个人在森林里挨饿，这算什么？

萨尼亚：狗屎。整个冬天，有卡车从旁边经过，可没人停车，也没人送去给养。

伊戈尔：我还是头一回见到这事儿。一个人这么孤零零地活着，而且没人当回事儿。就算是个妓女也不愿待在那个破窝里。

萨尼亚：不过他看起来还挺快活！

我：他是个奴隶。

萨尼亚：没错，没错！我没敢这么说。他就是个奴隶。

沃罗迪亚：一个黑奴，在俄罗斯也有这么一说。

安德烈：就算是个奴隶，也不能这么糟践。

伊戈尔：不能。

萨尼亚：他的主人太坏了，真是个操蛋的主人。他连主人都算不上。

我：可他没得选择啊。他没法待在村子里，不工作，也没钱……

伊戈尔：可在那儿也没有，他领不到钱。

萨尼亚：这儿可能会更好，要是他待在村里……

伊戈尔：那他早就酗酒死啦。

萨尼亚：是啊！那他早就酗酒死啦。

伊戈尔：当然了！那是当然了！

萨尼亚：在那儿，他至少还活着……

安德烈：就是，还活着。

沃罗迪亚：总之，危机来啦，西尔万。欧洲好像情况很糟。特别是希腊：它垮台啦，倒啦，完蛋了。

我：完蛋了？

伊戈尔：完蛋了。

沃罗迪亚：你回不去了。

萨尼亚：是希腊害了你。希腊已经完全是狗屎一坨了。

沃罗迪亚：是，狗屎一坨。

伊戈尔：是啊，这是场大灾难！

沃罗迪亚：全部完蛋了，那边还有动乱。

萨尼亚：是啊，动乱，有人一边跑一边喊！

伊戈尔：一场民主混乱。

萨尼亚：幸好我们的哥萨克在一八一二年教会法国人洗

澡、洗脖子。在那以前,他们从来不洗澡。你们能想象吗?一八一二年,哥萨克帮他们建起了班亚。这可是历史事件。他们就是为了这个才发明了香水:为了掩盖身体的臭气和城里的臭气,法国到处臭气熏天!我们的哥萨克一八一二年去了那儿,教他们在浴池里洗澡。我向你们保证这是真的。

伊戈尔:灾难!噩梦!伙计们,"噩梦,灾难,灾变",这些都是法语词,西尔万告诉我的。

萨尼亚:没啥奇怪的。

沃罗迪亚:该死。

录像到此结束。俄罗斯人又为一些奇奇怪怪的东西碰了杯,然后,他们突如其来地嚷嚷"倒霉的该走了",便穿上外套,对自己的手套、帽子、围巾骂骂咧咧,其中一个往门上踢了一脚,把它当成了"倒霉的",随后,他们把几乎只碰了一半的香肠留给我,就出发了。而我有点昏昏然地呆在湖滩上,站在这被伏特加毁了的一天的开端。

每当俄罗斯渔民来我的小木屋拜访,我总感觉有个骑兵师来过我的菜园宿营。宿命、自发、专制:蒙古人的性格特征已经感染了斯拉夫人的血液系统。游牧民族与伐木工并列而立。可怕的古斯丁侯爵说得有道理:俄罗斯"肩负着向欧洲阐明亚洲的责任"。为此,我用了一小时整理被弄得乱七八糟的房间。

四月二日

昨晚的温度为零下二十摄氏度，我终于在门底下钉上了毡条。早上，我一边饮茶，一边欣赏窗格玻璃上霜花的信息。谁能解读它们？这些凝霜里是否隐藏着文字？

今晚，我的薄饼终于成功了。薄饼就像孩子：绝对不能不看着。我发明了红点鲑鱼馅饼。首先，钓一条红点鲑鱼。砍柴，生火。加小茴香，把鱼放在炭火里烧。做面饼（如果缺酵母，就滴几滴啤酒）。把鱼肉剥开，放在一块饼上，再把另一块饼摆在上面。配以二百五十毫升室温的伏特加佐餐。

吃着晚餐，我的眼睛已瞟向窗外。有些人的饭食完全来自他们视野范围内铺陈的土地。这不正是伊甸园的一种定义吗？在目光所环绕的空间内蜷曲着生活，步行一日足以抵达其边界，心灵也能够将它牢记。

我这源自贝加尔湖的晚餐中，只有微量的隐含能源闪着隐隐的光。当食品的卡路里值低于生产及运输所需的能量消耗时，隐含能源量便会大爆发。我们过去在圣诞节所赠的橙子仿佛是件珍宝，因为大家知道它充满隐含能源，得评估它运输旅行的代价。老挝渔民在湄公河曲流中捕获，又在河岸上烧烤的一条鲶鱼，放射的隐含能源为零。我在离钓鱼洞几米远的地方煮的这些鲑鱼同样如此。但那取自潘帕斯草原吃豆料长大的牲口，然后又越过大西洋运抵欧洲的阿根廷牛排，却是绝对的耻辱。隐含能源是因果报应下的阴影：我们的罪孽得到清算。总有一天，我们会被勒令为之付出代价。

> 历史上隐含能量极少的几餐饭食（有待补充）
> 从天降至犹太人脚边的吗哪
> 雅典人献给弥诺陶洛斯的童女
> 最后的晚餐上的面包和酒
> 迦拿的婚宴上的面包
> 美狄亚的孩子
> 大草原上鞑靼骑兵把嘴唇凑在他的坐骑脖颈切口大口吮吸的血
> 圣帕科缪在沙漠中以晒干的蜥蜴为食
> 基督教传教士乘帆船来到马来—波利尼西亚岛后，当地野蛮人招待他们的葡萄酒奶油汤汁

无论表面上如何，苏联解体后，基辅动物园里被饥饿的乌克兰人杀死的熊所含的隐含能量相当可观：得把这些野兽从西伯利亚运来，还要把它们囚禁起来饲养。四十年前，安第斯山脉一次航空事故的幸存者以同胞的尸体为食才活了下来。他们享用的伙食富含隐含能量：这肉可是空运来的。

黛安娜·德·普瓦捷住处的烟囱的梁上刻着一句话："没有一道菜来自别处。"食用邻近区域的出产曾是一种荣耀。身上流着皮卡第、洛林、都兰的血脉，这句话的意思是用本乡本土的

水果灌溉自己的血管。

贝加尔湖渔民的血富含来自湖泊和森林的营养。西伯利亚的腐殖土、水和空气使他们的动脉搏动。属地权应当根据这些生物事实判定。一个人的血液汲取着土地的养分,因而他的身份也植根于喂养着他的地理空间。如果一个人吞食着进口罐头,他就是世界公民。

四月三日

我开始读笛福的《鲁滨逊漂流记》,之前已经读完了图尼埃笔下的鲁滨逊和汤姆·尼尔记述他在苏沃罗夫荒岛上六年经历的《南海鲁滨逊》。

我们可以列出海难者的一些独有特征。这些共同特性将描绘出一个被抛在岸边的独居者的典型形象。

——海难那一刻产生的不公平感,随后对神灵、人类和帆船一并诅咒。

——略微产生一种自大症:海难者确信自己是上帝的选民。

——感觉自己是一个王国的君主,统治着动物、植物和矿物组成的臣民。"如果我愿意,完全可以自称为这片在我权威治理下的地域的国王或皇帝,绝无对手……"笛福笔下的鲁滨逊如是说。

——在尽情享受孤独生活每时每刻的同时,必须不断确认这种生活的合理性。

——希望尽快获救,却又排斥与同类接触,在二者之间矛盾摇摆。

——对人类侵入岛屿的任何活动感到恐慌。

——与自然世界情感同化(可能需要数年才会产生)。

——有心按照有序的步调轮换活动、冥想和休闲的时间。

——试图将人生的每个时刻转化为舞台表演。

——略感欣快地感到自己起到了脱离误入歧途的人类的守护者作用。

——有染上象牙塔综合征的危险,在重症情况下,自认为既是宇宙智慧的受托人,又是人类罪孽的赎罪者。

四月四日

今天,读了很多书,听着《田园交响曲》在维也纳般的阳光下滑冰三小时,钓到一条红点鲑鱼,收集到半升鱼饵,透过红茶的雾气观望窗外的湖景,在十六点的阳光下小睡一会儿,锯开一段三米长的树干,砍了两天用的柴,煮了一道荞麦粥,美美地吃了,感觉天堂不在别处,就在这一切的和弦之中。

四月五日

深夜,狂风大作。北风在林边肆虐,直到中午。温度计显示为零下二十三摄氏度。多么美好的春日！趁着下午气温回暖，我开始搭建一张桌子。桌脚用的是粗大的松树枝，小木条做框架，桌面由此前一直躺在挡雨板下睡大觉的四块木板组成。我辛勤劳作了三小时，傍晚时分终于有了自己的桌子。我把它安置在湖滩上的雪地里，就在林间空地的开口处、雪松穹窿前。然后，我坐在一根圆木上，背靠树干。那些禁止我们把脚伸在桌上的人可不了解木器工人的骄傲。

晚上，我在寒气中点燃一支帕塔加斯雪茄，臂肘撑在我的新舷墙上。这张桌子和我，我们已经深陷爱情。在这个地球上，有样东西能够倚靠是件好事。

这种生活带来平和。自身的欲望并非一概消失，小木屋也不是佛祖悟道时的那棵树。隐居生活使人的雄心缩减到可能的比例之内。行动事项范围变窄的同时，每项体验的深度却增加了。阅读、写作、捕鱼、登山、滑冰、林中漫步……生存仅剩十五种活动。海难者享受着绝对自由，但被限于岛的边缘以内。在类似鲁滨逊漂流记的冒险故事中，主人公起初总会建造一条小船，企图逃离。他坚信一切皆有可能，幸福躲在那海天相接之处的后面。但在又一次被卷上海岸后，他明白自己再也无法逃脱。平静下来的他发现，界限才是快乐的源泉。于是，人们说他听天由命了。隐士听天由命吗？其实并不比城里人程度更深，一个野性难驯的城市居民会在林荫大道的灯光下突然发觉，这种生活无法让他品尝这场盛宴中的所有诱惑。

四月六日

公元四世纪，上埃及纳特闾谷的沙丘地带挤满了破衣烂衫的僧侣。隐修士追随着圣安东尼和圣帕科缪的足迹，奔赴沙漠。他们闪闪发亮的病态目光照耀着灼痛的面庞。现实令他们恐慌。对他们来说，生活使人堕落。他们成为以蜥蜴为食的幽灵，拒绝尘世，畏惧它的滋味。感官成了敌人。如果他们梦见一罐水，便认为这是撒旦的诱惑。他们渴望死亡，以抵达另一个王国：《圣经》所保证的永恒王国。

泰加森林的隐居者则与这种遁世态度相反。神秘主义者追寻的是从世界遗失，森林守护者则要与世界交好。前者等待着俗世之外的基督降临，后者期待在此时此地涌现的短暂欢愉。前者希冀永恒，后者追求确切的满足。前者憧憬死亡，后者渴望享乐。前者痛恨自己的肉体，后者磨练自身的感官。总而言之，如果想坐在伏特加酒瓶前盘桓一段快乐时光，最好能遇见一位森林隐士，而不是一个栖息在石柱上的宗教狂徒。

在这些沙丘地带，与同类相遇也是一件大事。隐修士早已忘记人类的面容，偶尔有人来访时，许多隐者不由得双膝跪地，确信那是魔鬼的现身。

沃罗迪亚·T 今早突然闯来时，我就是这种幻觉。他开了一辆吉普来取东西。这扇该死的门，为什么门前从不会出现一位前来纪念她在贝加尔湖畔度过二十三年时光的丹麦女子滑冰冠军呢？

"来杯伏特加?"我问沃罗迪亚。

"不喝。"他说。

"你不喝酒?"

"我戒了。"

"什么时候?"

"二十年前,在来这儿之前。有一天,我醒过来,发现妻子和孩子们都走了。家庭总好过酒精。后来,他们回来了,但我没再喝过酒。"

"好吧,你在伊尔库茨克的新生活怎样?"

"普普通通。"

"为什么?"

"钱。我一直都得猎熊。一张熊皮我能卖六千卢布……等于一个月工资!我已经向两三个人保证过了,他们已经付了钱。"

"法国人有句谚语,讲的是有些人卖了熊皮,可还没……①"

"我知道,不用说了。我们也有这句话。"

"真的不要来一小杯伏特加?"

"不要,我说过了,该死的。"

四月七日

花了整整一个钟头打扫小木屋。我的芦苇扫帚创造了奇迹。

---

① 法国谚语,把熊杀掉前别先卖熊皮。

我用海绵擦拭了漆布，又用伏特加磨亮了窗格玻璃。我还为这个大扫除日准备了"班亚"。晚上，一切都像个卢布一样干净锃亮，我坐在桌边，杯子倒满伏特加，荞麦粥在炉子上热着，茶在锅里煮着，蜡烛滴着泪，湖上则吱嘎作响：大家都在自己的位置上履行自己的责任。气压计的指数陡然下降，我听见了雪松树梢的呼啸……

四月八日

暴风雪。

我的生命所剩下的一切，只有笔记。我写私人日记是为了对抗遗忘，为记忆提供补充。如果不为自己的行为活动保留一份档案，活着有何意义？时光流逝，日月消散，虚无将战胜一切。私人日记则是向荒诞发起攻击的特遣行动。

我把流过的时间归档。写日记能滋养人生。每天与日记本白纸的会面迫使我们更加关注一天的事件——更好地聆听，更深邃地思考，更紧张地注视。到了晚上，如果笔记簿上无事可记，那将是一种冒犯。每天的记录好像是与未婚妻共进的晚餐。为了知道该向她倾诉什么，最好的办法是在白天思考。

屋外一片混乱。风正用利齿为雪堆塑形，狂风在森林前沿肆虐。作为锋线的雪松承受着次次撞击，刮断的枝叶在树梢顶部飘摇。暴风企图将树木连根拔起。风的力量令人悲哀：它的猛攻只是徒劳。暖洋洋地待在火炉边，吸着烟观赏那惨烈的景象，这就是文明的定义。

晚上，我不紧不慢地喝着酒，把自己灌醉。小木屋，这是一个灰质细胞。

四月九日

暴风雪一刻不休，风源源不绝，向林边发起次次攻击。它要为什么而复仇？如此恼怒地对待那些留在此地的事物……湖面光滑如洗，放着微光，雪全被吹走了。我在冰上走了几步，马上就被风推往空旷地带。一股劲风刮走了皮帽，在每小时一百公里的风速中，十秒钟后便消失了。我离湖岸还有三公里。我把缠头巾略微改造一下，包住头，瑟缩在风帽中。没想到，没有鞋钉的回程将使我付出如此代价。顶风行走回到湖岸竟无比艰难。我得双膝着地，以缩小迎风的受力面，用脚卡住裂缝的翼侧，缓慢前进。在湖泊的冰面上蠕动爬行，因暴风而匍匐在地，这是教人谦卑的一课。

如果风的时速再高几公里，就会像吹曲棍球一样把我刮到湖中央。到那时，我就得到八十公里外湖岸另一侧的布里亚特村庄求援："哈啰，请原谅，我是随风飘来的。"

今晚，小木屋的全部关节都在咔嚓作响。树木的呻吟与冰面的爆裂混杂在一起。如果我是个迷信的人，一定会因这些声音惊恐不安。

滞留在屋里的我烦躁难耐，但读了笛福的《鲁滨逊漂流记》中的这句话后，平息下来："（十二月）二十四日，滂沱大雨下了一夜，整个白天我都没有出门。"

四月十日

黎明在蔚蓝而冷冽的一天中来临。湖面如洗。世界被四十八小时的暴怒打磨一新。我在新生的空气中，坐在露天的桌边饮茶。一丝微风都没有。我觉察到一阵喑哑的嗡嗡声，那是孤独的耳鸣。

检查一下我的木箱，储备物品已逐渐减少。剩下的只够我煮一个月的意大利面，上面再倒满塔巴斯科辣椒酱。我还有面粉、茶叶和油。咖啡陷入短缺。至于伏特加嘛，应该能支撑到四月底。

下午，我尝试了一个新的钓鱼点，得往北走一小时，在一条小河的入湖口，上面的斜坡长满粗壮的针叶树。这个冰洞的收成不佳：一小时才钓到一条红点鲑鱼。我坐在小板凳上期待着钓线突然颤动，直到日暮。垂钓是与时间所订盟约中的终极条款。如果一无所获，那是因为时间收回了他的捕获物。我愿意一动不动地待上几小时，在耐心的尽头或许有一条鱼。如果两手空空，也只是惋惜。我并不怨恨时间使我的愿望落空。我的活动项目并不多，也只剩下一点含混的希望。我已不再相信弥赛亚，只希望有鱼降临。

晚间，吃了今天唯一的一条鱼，我读完了《鲁滨逊漂流记》，开始看《瑞斯丁娜，或喻美德的不幸》。这两本书应当相伴而读，但并非为了想象瑞斯丁娜如何登上海难者的荒岛，而是因为，鲁滨逊力求重建文明、再现道德，萨德侯爵则试图摧毁前者，污浊后者。二位均为文化的忠仆，路径却截然相反。

四月十一日

一夜的间歇后，风力开始加倍。到了两点，又衰减下来。云开雾散，贝加尔湖光芒四射。偶有一片云飘来反击，冰面便笼罩在朦胧之中。沐浴在阳光下的冰层上投射了道道阴影，好像铡刀在象牙上划过，逐步扩张领地。太阳恢复镇定，刺透锋线，逼黑暗涌回来处。光线在玩着风和冒险的游戏。

在这纹理的闪光中央，四个小黑点越来越清晰。我透过望远镜看出是几个骑自行车的人。有那么一刻，我想把炉子熄了，烟囱就不会告发我的存在。然后，我为这种想法感到羞愧。

那些家伙已经越过雪松中岬，转向往我这里骑来，二十分钟后就到。

谢尔盖、伊万、斯维特和伊戈尔在布拉茨克水电站工作。他们利用寒假骑上自行车，在结冰的赛道上骑行。我为他们沏了茶，他们则取出大堆肉食和一大罐蛋黄酱，认真地把酱抹在每一片香肠上。

"你们还要茶吗？"我问道。

"不了,"伊戈尔一边回答,一边把一片香肠浸在奶油里,"我们一小时后就去叶罗钦吃饭。"

"您家里有好多山雀啊。"斯维特说。

"是的,它们是我的朋友,教我学俄语。"

他们奇怪地盯着我,最终卷起了行囊。

四月十二日

我要去叶罗钦。我忽然渴望享受一次沃罗迪亚准备的那种"班亚",感受一百摄氏度的高温,到户外喝啤酒,袒露在群山前,身体在木头挡风板下冒着蒸汽。上路了。从我所在的岬角向北走两小时后,我把雪橇留在一条冰河的入湖口处,它那有生命的冰面切过森林。鞋钉抓地很牢,我已经在页岩山坡间攀登了八百米,四周到处林立着落叶的冷杉。冰面只是一座桥:我听见河水在拱穹下汨汨流动的声音。岸边长出了红色的幼树,它们的纤维镶嵌在冰雪之中,仿佛一具水晶躯体中的血流。冬天像一把老虎钳。

从河流以下到叶罗钦还剩七公里。一些宽阔的断层使我不得不绕了许多远路。我得在这些裂纹的迷宫中找到去路,有时还得跳过一个断口。阵风驱散冰面上蜿蜒的细雪。我喜欢在冰上行走:月光照耀下,人们绝不会踩到任何一只小虫子,这种地方世间罕有。对于那些决心连一只小飞虫都不伤害的耆那教徒来说,这是片理想的土地。

冰上的纹理让人感觉那是思想的纹路。如果大自然会思考，风景便是它思想的表达。应该建立一门针对生态系统的心理生理学，赋予其中每个系统一种感觉。如此一来，我们将有森林的忧郁，山洪的欢乐，沼泽的犹豫，山巅的严肃，激浪那贵族般的轻佻……新的秩序：风景的人类本位说。

当我敲开门时，沃罗迪亚开玩笑地说：

"你没给伊莲娜带来鲜花吗？"

向女士献花是一种异端邪说。花朵乃是淫秽的性器官，象征着朝生暮死、不忠不贞。它们在路边无所适从，不是随风而逝，就是进了昆虫的吻管，要么混入种子的阴影，要么被野兽的牙齿碾碎；它任人践踏，被人采摘，人还把鼻子塞进花朵。我们应该向亲爱的女士送上石头、化石、片麻岩，总之，得是一种永恒存在、不会枯萎的事物。

我本想用这一番话答复沃罗迪亚，但我的俄语太差，于是我说：

"带啦！但花在路上凋谢了。'班亚'呢，沃罗迪亚，你准备了没？"

"只等你来啦，伙计。"

晚上，我坐在板凳上远望布里亚特逐渐消逝。沃罗迪亚的猫躺在我的膝上。气温为零下十二摄氏度。天际好似一幅绸缎。一声嘎吱使猫立起了耳朵。一条狗吠了起来。

十一点了。沃罗迪亚没关收音机。我躺在木屋温暖的地板上,大家一道听着一号频道。广播中通告了噩耗。波兰政府卡钦斯基总统的专机在斯摩棱斯克附近坠毁,总统和几十名政府官员身亡。可能没人幸存。这架专机正载着总统前去参加卡廷森林受害者的纪念仪式。此前,莫斯科终于承认对该事件负责。

"沃罗迪亚?"

"什么?"

"这不是第一次由俄罗斯飞机干掉波兰人了吧!"

"这话一点都不好笑,他妈的,一点都不好笑。"

四月十三日

收音机整晚都在喀拉喀拉地播放讯息。半睡半醒间,我听见伤亡人数不断增加:九十五人死亡……九十六人死亡……九十七人死亡。约两点钟时,我用嚼碎的纸堵住耳朵。我从《吉姆老爷》中撕下一张纸,慢慢地咀嚼(油墨的味道很糟),然后把康拉德的大作塞进耳朵深处,感觉能听见大海的声音。

今早,沃罗迪亚带我去视察他的陷阱阵列。护林员的任务是防止偷猎者屠杀野生动物。沃罗迪亚坚决执行了保护区严格的领地限制。他的小木屋建在叶罗钦河的左岸,位于自然保护区的北界。另一侧的泰加森林则不受保护。他的陷阱就布在那里。

他穿上滑雪板:两块钉着马皮的木板。我穿着雪鞋跟在后面。检查这些陷阱得花三小时。我们在粉雪中跋涉,沿着山脚,在起伏的山地和林木丛生的谷肩之间前行。松鸦宣告着我们的到来。沃罗迪亚的小狗多次误发警报。它还不明白，不该为一只松鼠打扰自己的主人。沃罗迪亚用连珠炮般的大吼对它进行职业训导："这些狗一点教养都没有，该死的！"十五个陷阱，两只水貂。沃罗迪亚发誓，森林已经一片虚空，从前的日子更美好。美国人对草原野牛所做的一切，俄罗斯人也对他们的鼬科动物重复着。他们对这些有着漂亮皮毛的动物赶尽杀绝，以遮盖人的脊梁。有一天，人类闯入森林，神灵则退隐他处。

我发现，人可以在一个巨大的滑冰场旁生活，享用鱼子酱、熊掌和驼鹿肝，身披水貂皮毛，肩背猎枪在森林中穿行，每个早晨，当拂晓的光芒触及冰雪，便能见证世界上最美的景致之一，却梦想着住在一套装备了各种机器和高科技设备的公寓里。隐居者的诱惑源自一个永恒的循环。起初，在现代都市中央生活的我们因消化不良而饱受煎熬，向往林间空地那炊烟袅袅的小木屋。我们深陷因循守旧的油脂麻木迟钝，用安逸的猪油包囊自身，此时的我们已足够成熟，可以接受森林的召唤。

中午，我踏上返程。冰面又一次被粉雪覆盖，鞋底有些打滑。我急于体验一个孤单的夜晚。雾气笼罩着坡地，湖岸倏忽出现，隐没，又再次出现。

四月十四日

冬日没完没了。昨夜为零下十五摄氏度。丝毫没有融雪的迹象。雪花从早落到晚。能听见雪絮沙沙的声响。白天，我都在小木屋里度过，它是我的母亲，我的卵壳，我的巢穴。我心怀感激地踏入门槛，感到温暖的热量包裹全身。窗边的时光过得缓慢。我有些烦闷。这一天好似没关紧的水龙头，每个小时正一点一滴地流逝。烦扰是个过时的伙伴，但人能逐渐适应。在它的陪伴下，时间有一股鳕鱼肝油的味道。蓦然间，那味道消散了，我们也不再烦忧。时间再次成为那列无形而轻盈的仪式队伍，穿透生命开辟道路。

四月十五日

用了两个半小时才走出森林。我沿着小木屋南面的第二座山谷而上，寻找宿营地。虽然穿着雪鞋，但雪还是没到了大腿的一半。每一步都是一场艰难斗争。晚上七点，我已经立于森林之上。我选择了海拔一千二百米处一片碎石地上方的谷肩。往下一百米的山坡上，一条狼獾的足迹穿过。这种动物不冬眠。天寒地冻，大风过境后露出头来的矮松攀附在铁锈色的大块岩石上，布里亚特宛若东方的一缕细丝。我砍下大捆的松枝权当床垫，然后在阴影处点起篝火，支起帐篷，把床垫和睡袋扔了进去。我把意面在火上加热，之后便四仰八叉地躺在枝叶床上，它比没落帝国①的沙发还要柔软。火堆生在两块一点五米的大

---

① 指罗马帝国晚期。

石块之间，石壁反射着热量。气温为零下二十五或零下三十摄氏度，但我待在被火苗烘热的岩石壳里，暖洋洋的。而且，我还精准地确认了一个点，篝火的火花被抛向空中，在这一点上黯淡下来，闪耀最后一星光芒，随后便融入星空。我难以说服自己回到帐篷中去，好像一个不肯关电视的小孩。我在睡袋里听着木头劈啪作响。孤独是无价之宝。为了使这幸福达到完美，我还缺少一个对象，以便向他解释这一切。

四月十六日

我拉开拉链，阳光刺目，不由得眨了眨眼睛。蓝天使我喜悦。我站起身来，迎接八百米之下盆地底部那一片无比空旷的平坦景象：我的一天就这样开始了。昨夜，一只猞猁曾来拜访过营地，在帐篷周围留下了痕迹。

营地的惬意清晨。我们就在那儿，在森林之上，我们活着度过了一夜，为生命赢得了一点什么。

我从宿营地继续向上垂直攀登了四百米。上午十时，我离山巅只有区区五百米了。湖岸线画出了一条正弦曲线——岬角为峰，湖湾为谷。凸出的黑色花边咬合着冰雪的湖面，线条起伏如同作战图，敌军战线突破深入，随后再被击退。我回到火堆旁，重新点燃，煮了茶，把营地用品打包，踏上返程。猞猁在返回森林前还在狼獾的足迹中搜索了一番。雪地里交织着水貂、野兔和狐狸的痕迹。森林里有一种看不见的生命在沙沙作响。苔藓摩挲着我的脸庞。我在落叶松前半闭上眼睛：它们好似一群手持粗短木棒的巨人。如果沙漠隐士退居到泰加森林中，一定会创造出充满欢乐灵魂和动物神祇的宗教。沙漠则使一切干涸。我想起了圣伯尔纳铎，散步归来的他因丝毫没有注意到外物世界而感到满意。

三小时后，我回到小木屋。现在是零下二摄氏度，于是我在湖滩上的桌子旁露天用餐。因温暖而陶醉的山雀跳起了华尔兹。钟乳石般的冰锥从挡风板边缘滴滴答答地落水。在人类的年份中，第一个名副其实的春日是一个重要的日子。

阴影降临，浮上湖面，啃啮着白色的平原，遮蔽了布里亚特的山峦，后者懒洋洋地躺在湖的另一畔，坚信这暮色与己无关。

四月十七日

隐居者并不对人类社会构成威胁，他仅仅体现了对后者的批判而已。流浪汉会偷窃，职业反抗者则在电视上陈词。

无政府主义者梦想着摧毁社会，但他自身也早已融入其中。今日的黑客在房间里策动挑唆，引发虚拟城堡的崩塌。前者在小酒馆里自制炸弹，后者则通过电脑用程序武装自己。二者都必须使社会蒙羞。这已成为他们的目标，而摧毁这一目标则是他们存在的理由。

隐士置身事外，礼貌地拒绝了这一切。他像一位宾客，轻轻一个手势，便婉拒了一道菜。社会如若消失，隐士仍将继续他的隐修生活，叛乱者则将发现自己处于技术性失业的状态。隐居者并不对抗什么，他与一种生活方式完全贴合。他并不揭发谎言，但寻求真理。他在物质上是无害的，因此人们容忍他，仿佛他属于一个中间范畴，是处于野蛮与文明之间的种姓。陷入狂热爱情的伊文骑士全身赤裸地在森林中游荡时，遇上了一位隐士。后者接待他，照顾他，使他恢复理性，引导他重归城市。隐者是各个世界间的摆渡人。

四点钟，我合上克雷蒂安·德·特鲁瓦的书，前往二号洞钓鱼。去这个洞得往北走一小时，一号洞口则就在小木屋对面。湖岸向后退去，显得十分肃穆。这些树木表现出一种欢乐，但却毫无幽默感。可能正是如此，隐者的面容才这样沉重，梭罗的作品才那么庄严。我钓到了三条长二十厘米的红点鲑鱼。最后，它们落入锅里，缀上越橘和少许油。鱼肉鲜美异常。新鲜的鱼和伏特加搭配完美。伏特加和一切都搭配完美，姑娘的吻除外。现在，我可完全不用冒险。

四月十八日

谢尔盖在早晨八点进了我的小木屋。他去看望叶罗钦的沃罗迪亚，而我又没听见他的汽车穿越旷野的声音。他每次都这样，没敲门就闯进来，我发出一声惊叫。我需要很长一段时间才能重建因外人侵入而被搅乱的内心平衡。茶还没准备好，这也免得我把它打翻了。

"你的小木屋整得不错。用沃罗迪亚的话说,这是间"德式小木屋。"

"啊,是吗?"

"你想去波科伊尼基吗?我带你去。"

"好……我们还是喝杯茶吧?"

"不了,过来,咱们走。"

十分钟后,我锁上挂锁,上了车。我们向南驶去。俄罗斯人做事总是风风火火:生命是一场间或夹杂着痉挛的长眠。波科伊尼基正在进行大工程。谢尔盖和淡色眼睛的尤拉利用结冰期在大湿地中央建造了一座木桩上的浮桥。这片沼泽使湖湾又往北延伸了一截。他们称之为"岛"。整个下午,我们用木头撬棒、千斤顶和绳索把一节铁皮车厢吊上木头平台。车里放了一张床架和一个火炉。

"保护区的边界线只到湖滩,湖滨那边就不再受司法管辖了。所以,岛将是一片自主的领土。"谢尔盖说。

"自由的领土?"我问道。

"是的,自主而且自由。我们刚创立了'波科伊尼基自由自治区'。"

落叶松林里有阴影掠过。马匹灵巧地避开树干,马蹄踏破冰雪,发出的声响好像拳头打在羽毛枕头上。马的头部笼罩着蒸汽的白雾。这些牲口属于索尔内琴纳亚气象站员工管理的一座养马场,位于波科伊尼基以北两公里。一九九一年,苏联解体后，人们离开了这些地方，马群也回归荒野。夜幕降临时，一匹四五岁的马低垂着头在小木屋间游荡。它离开同伴，等待死亡。马儿面朝湖面躺了下来。谢尔盖长叹一声，将匕首插进它的颈动脉，一刀结果了它。我们用斧头瓜分了马尸。内脏在寒风中冒着热气，松鸦飞来，立在松树枝尖。马的肚肠皱巴巴地流泻一地，完美地交错堆积着，呈现丝绸般的柔软光泽。暮色照射在这些流溢的内脏上。一直在等待时机的狗获得了准许，可以饱餐一顿。

夜幕降临，波科伊尼基因一件不同寻常的大事骚动起来。保护区的新主任 S.A. 前来看望他的护林员。陪同的手下们正卸下伏特加和白兰地。我垂涎三尺地盯着那些木箱，因为那里面的东西能帮我从记忆中抹去那匹喘着气迎接死神的马。娜塔莎做了一道鹿肉汤。桌上已经摆好一席俄式自助餐：杂乱无章地摆放着烤鲶鱼排、大块驼鹿肉，还有西伯利亚香肠。大家喝得酩酊大醉，直至遗忘一切。

"主任，您是在哪儿出生的？"我问道。

"图瓦共和国。"他说。

"那是列宁的故乡。"谢尔盖说。

"那么，我说，让我们为统治帝国和自然保护区的独裁者们喝一杯！"

"还要为图波列夫喝一杯。"S.A. 的一名爪牙说道。

"为什么？"我问。

"那是世界上最好的飞机，波兰人刚跟着它坠毁了。"

娜塔莎送给主任一袋冷冻的鱼。尽管 S.A. 是个纯粹的生意人，但他的眼睛里仍闪耀着快乐的光。在这里，对艰难时光的记忆依然挥之不去。

四月十九日

白兰地的后劲太猛。上午九点，我的脑袋里好像有火车飞驰而过。眼睛呈灰色浮冰颜色的尤拉把我叫醒：得去收渔网了。断指萨沙陪我们一起去。在小卡车里，我懒散地躺在缆绳堆上，听那两个人哇啦哇啦地聊着他们最爱的话题：

"你们国家为什么有那么多穆斯林？"

对于俄罗斯庄稼汉来说，法国提供了两个不可思议的话题：一是拿破仑大兵团的人民在降雪两厘米的情况下就得向政府求援；二是放任在居民区纵火的行为，却将三千名士兵派往阿富汗山区。萨沙每次都要就这些问题和我交流一番。

捕鱼车厢离波科伊尼基有十五公里。在这个铁皮小屋里，有一块木地板穿了一个开口，与一个冰窟窿相通。这间舱房用一个煤气炉取暖，大家穿着羊毛衬衣在里面工作。首先，我们用一个手动绞盘把几百米长的绳索拖上来，每转一圈，绞盘都会吱吱地叫一声。尤拉目光茫然地转着这机器，一直转了两小时。渔网从深渊中现出身形。两个俄罗斯人把尼龙网从水里拉上来，捕到了不少白鲑。数百条鱼装满了塑料盆。湖水泛着青绿色的微光，馈赠它的果实。最奇怪的就是，在我们索取了几千年之后，它仍在为我们付出。午餐是五条鱼，把它们扔进锅里以后，又浇上三杯萨马贡，萨沙在北贝加尔斯克的乡间住宅里自己酿造了这种焦糖色的烈酒。谢尔盖把我送回家。我们在如画的湖面上缓慢滑行，两人都沉默不语。冰面上大理石般的花纹，爆裂的浮冰，积雪重压下的松树军团，还有厚重的花岗岩帷幔，这一切构成了一幅苦难的画面。在它旁边，弗里德里希的画简直像是海地的艺术风格。一道裂口把我们拦住了。

"它是今天裂开的。"谢尔盖说。

"我们怎么过去呢？"我问道。

"'跳板'……"谢尔盖说。

"那你怎么回去呢？"

"绕道走。"

断口的两侧并不总是处于同一水平面上。冰面在裂开时会翘起一侧，利用这种断层，驾驶员有时能成功地使汽车跃过障碍。我对谢尔盖充满信心，但当汽车在离裂口五十米处全速开动时，他画了个十字，我的心此时还是紧缩了一下。我们通过了。

四月二十日

从今天起，日记由于一些行政原因中断九天。俄罗斯当局逼我重返文明，办理签证延期手续。我离开湖泊，乘上飞机，围攻那些整年都在冬眠的外交和文化官员，而且他们睡得比熊还沉。最终，我盖到了那个觊觎已久的印章，关上舱口，以免对大城市产生欲望。我每晚睡五个钟头，紧张得像绷紧的弓，喝得烂醉如泥，重新把一堆食品和夏季设备装进卡车车厢，返回来处，回到湖畔。在奥尔洪岛的南端，之前把我放在那里的滑行艇正等待着我。

四月二十八日

滑行艇是俄罗斯冶金业的一朵奇葩。这台螺旋桨驱动的机器在气垫上前进，对一切裂缝都呈藐视之姿。在这四月底的天气里，冰层已是伤痕累累。四小时后，我们在近乎于安东诺夫飞机的轰鸣声中抵达波科伊尼基。自我离开后，冰面变成了乳白色。冰雪稍有融化，一层暗淡的珍珠质蒙上湖面，在脚下碎裂。途径扎瓦罗特努小村时，我在 V.E. 家停留了一会儿，他把家里十二条狗中的两只托付给我，艾卡是一只黑色雌犬，贝克是一条白色公狗，两条小狗都是四个月大。等到五月底，如果有熊逼近我的小木屋，它们就能吠叫报警了。我还有一支求救信号枪。遇上袭击时，往那头野兽的爪子开枪就行了。巨响和烟火通常能击退熊的气焰。

我又见到了小木屋，那种欢乐好像步兵回到了地堡。这个庇护所可按我的心境成为一个卵壳、一个子宫、一口棺材，或是一艘木船。我向朋友告别。哦，当他们发动机的隆隆声渐渐隐没时，我心中升起的是怎样的幸福啊。

四月二十九日

冬季迟迟不去。只有青灰色的湖面暗示着春天正摩拳擦掌。
林间空地的雪有些融了，我的前辈累积了二十年的废品堆又都显露出来了。俄罗斯人民能用超人的力量击退敌人，却无力把垃圾扔进坑里。我把这些轮胎、机械架、废旧的引擎运到班亚的墙壁后面，把林间空地重新清空。一片轻雾在湖畔舞动，但松树仍刺透雾气支楞着，有时一道金光也穿过雾纱照耀湖面。我在这仙境般的景象中前去钓鱼。狗儿到处跟着我。我的影子现在变成了狗，这两个小生命已经完全委身于我。狗这种具有人道主义的动物信赖我们人类。有些地方的水已经浸渍了冰面，给奶油色的釉质涂上了天青色的光泽。小狗耐心地待在冰窟窿前，我把钓来的三条红点鲑鱼的下水给了它们。
这趟进城之旅使我对木屋生活的热爱更加深厚了。小木屋正像那一盏盏挂在黑夜天花板上的昏暗的灯。

四月三十日

泰加森林漆黑一片。树枝上的雪消失了，山峦印上了点点暗斑。黎明的微光刚刚浮现，艾卡和贝克便在窗下急不可耐了。当有两只小狗在清晨热烈欢迎你的时候，夜晚只能品尝等待的滋味了。狗的忠诚毫无所求，并不需要人的责任，它的爱用一根骨头就能满足。狗嘛！我们把它们赶到屋外睡觉，对它们说话的口气像对车夫一样，对它们谩骂咆哮，喂它们残羹冷炙，还不时"砰！"地往肋骨上来一脚。我们对它们拳打脚踢，它们却用满脸的涎水回报。我突然明白了人为什么把狗当成最好的朋友：这是种可怜的动物，它的顺从不需要任何回报。所以，这种生物完美地符合人类所能给予的一切。

我们在湖滩上玩耍。我把艾卡觅到的一根鹿骨扔给它们，它们再不知疲倦地把骨头叼回来给我。它们这样会累死的。这些大师教会我，应该充实我们唯一有价值的家园：当下。我们人类对自己犯下的原罪，便是丢失了小狗叼回同一根骨头的那种激情。为了获得幸福，我们必须在家里堆积起数十件越来越先进的物件。广告引诱我们"去寻找吧！"，小狗则令人赞赏地解决了物欲的问题。

我与两只小兽步行了很久，直到雪松南岬。天空模糊一团，起风了。有阳光穿过云层掠过泰加森林，留下浅褐的尾巴，贴上金色的轻纱。山间有时亮出一道冰雪半融的悬崖。这些冻严实的裂缝都是陷阱。眼睛无法衡量冰层的厚度。狗在一片满是水的区域前径自停下，呻吟着不愿前进。我小心翼翼地挪动步伐，向它们证明可以通过。一只鹰在我们无法企及的高度盘旋着。风刮起了无数霰粒和碎片。当它们被一束阳光照射时，好像是黄铁矿粉。森林在狂风下发出低沉的嘈叫。春天的兵力已经抵达，我能感觉它们已经准备好发起进攻，但还不敢断言能够收复失地。

天空已经陷入疯狂,因纯净的空气而迷乱,因光线而发狂。一些大美的景象忽隐忽现。这是神明现身吗?我连拍张照片都不敢,因为那将是双重侮辱:我将因疏忽而犯下罪孽,同时也是对当下的凌辱。

当我们来到距离小木屋十公里处的岬角准备试着钓鱼时,甚至连拿出手摇钻的时间都没有。狂怒的风将我们斥退。我开始往回跑,狗则尾随着我。狂风卷起无数研磨的晶粒,迫使我们停下脚步。狗用前爪护住鼻子。整整两个小时,我们与一只无形的手搏斗着,向小木屋的方向前进。

明天就是五月了,泰加森林里会有铃兰吗?①

---

① 法国人有在五月一日互赠铃兰的习俗。

五月

野獣

五月一日

二月份，沃罗迪亚·T 在小木屋以北两公里处的一座湖湾放下了一个捕鲇鱼的鱼篓。它平卧在冰面上，用木桩固定。我打穿原先的窟窿，把网沉下去，网底钩了两个鲑鱼头。狗警觉起来，注意着窟窿口是否会窜出海妖，扑到我身上来。

我是湖岸的皇帝，小狗的领主，雪松北岬的国王，山雀的守护者，猞猁的盟友，熊的兄弟。但在这一切之前，我有些微醺，因为砍了两小时木头以后，我刚灌下了一点儿伏特加。

在自然保护区里生活是有象征意义的：人仅能从其间掠过。留下了什么踪迹？印在雪上的脚印。对面，在布里亚特一侧的湖岸有一片"生物圈射击场"，禁止任何人访问。在我看来，将地球上那些在无人状态下延续生命的区域划为圣地，这是个诗意的想法。在人们的视线之外，野兽和神均能蓬勃发展。我们知道，野性的生命在那片避风港中长存，这种想法已是一剂灵药。它并非剥夺了人对森林、旷野和海洋的使用权！而是从虎口中救出精选的几块土地。但那些卫道士十分警惕，他们早已就生态学为人服务的必要性精心准备了长篇大论。但如果剥夺了那七十亿人使用纸巾的权利，他们也不会有多悲痛……

五月二日

　　冰雹模糊了青铜色的泰加森林。天空决定派遣另一来客替代雪花。这一天中，读了米尔恰·伊利亚德（一本适合等待春天的书：《永恒回归的神话》），清理了林间空地中沃罗迪亚·T留下的最后一点废渣。晚上，我在雪松北河的入湖口尝试开辟了一个新的冰洞。现在，我有了四个垂钓的地点：小木屋前、岬角顶端、向北步行一小时处，以及湖湾尽头我昨天重设的鲇鱼捕捞点。我坐在板凳上，一边吸烟一边盯着饵线。

　　小狗们一刻不停地在我的腿间奔来奔去。它们在我这里发现了一个会回应自己温存的人。它们既没有投机的目的，也不会事后得意。在愿望和悔恨之间，有一个点叫做当下。必须时常练习，才能使这些保持平衡，就像杂耍演员站在细细的瓶颈上转球一样。狗已经做到了这一点。

　　扎瓦罗特努的V.E.把它们托付给我时说："别让它们太接近你。"可我是乌拉尔山以东最仁慈的驯狗师，完全无法阻止艾卡和贝克表达它们四溢的热情。人教狗躺下，便声称对狗进行了训练。我允许这两个小生命淘气妄为，也豁免了它们留在我裤腿上的爪印。

我们带着晚餐——三条红点鲑鱼——回来了。晚上，我把鱼头、鱼肠掺在面粉和猪油拌成的杂烩里面，给小狗享用。远方的阳光穿透云层。天堂本该位于此地：无可非议的壮观美景，但这里没有蛇，也不可能赤身裸体地生活，而且有太多的事情要做，没有时间创造出一个神来。

五月三日

今早，拂晓在轻纱中朦朦胧胧。我登上"白谷"的上坡。森林里的残雪已经溢满了水。小狗要跟着我实在太难了，它们总是陷进雪鞋的脚印。在背斜谷的凹地中，我来到谷壁前，准备向花岗岩山脊进发，就在此时，一头熊窜了过来，在另一侧立定。冬眠已经结束，苏醒的熊、重现的鹡鸰和碎裂的冰是春的使者。我腰间挎枪，前有小狗做尖兵，毫无畏惧。熊则知道，人类之于熊无异于狼，因而避免与我们相撞。

我身处海拔一千米的山脊线，坐在一棵矮松的枝叶上，背靠花岗岩块，腿垂在空中，脚下是一行金褐色的落叶松。我看着雾气逐渐弥漫湖岸，它那滑腻的滚子倚靠在树林边缘。我切开一支帕塔加斯雪茄。哈瓦那雪茄的爱好者乐于躲在烟雾的包裹之中。喷出的烟是一场无害祭祀中的祭品，把人与神相连。我喜欢雾，它是大地的焚香。任何吸烟者都梦想着在它的云烟之中遁形消散。

五月四日

今天早上，大地又回到了过去的雪景中。一辆三轮摩托车显露在北面的天际，又在我的湖滩停了下来。小狗一声不吭，我不禁对它们预警野熊入侵的能力感到十分悲观！来人是奥列格，是我曾遇见过一两次的渔民。他正从叶罗钦赶往扎瓦罗特努，开的是一辆老掉牙的 Ij 行星 750cc 摩托，这还是八十年代的机型，从机械上来说，比乌拉尔 650cc 摩托车更有价值，但不如军用三轮摩托拉风。奥列格同意这一点。

伏特加不错，雪在下，奥列格带来了几根黄瓜。我们把它切成片，每干一杯就嚼一口。奥列格沉默良久。

"我一直感觉很怕资本家，可你却这么和善。你应该更常来叶罗钦。湖上还能再开两星期的车，之后，冰面会四处崩裂，每走一步都可能丢掉性命。鹅和鸭子会飞到这里，你会看到的，某个早晨，它们就那么出现了，从中国、泰国或者别的什么该死的天堂一样的地方突然降临到这儿。有一天，有些鹅落到我家那儿，就在湖边，在我的小船里搭了窝。有几个猎人过来，想开枪打鸟，我出面调停，对他们说：动一下试试，我就用拳头打碎你的脸。我不喜欢别人开枪打睡在我船里的鸟。去年，我在湖滩的碎石地上发现一只搁浅的小海豹，喂了它一个夏天。"

我想象着奥列格野人般的粗手给小动物喂奶瓶。之前摩托车接近的时候，我还想着："但愿这个扯破了我的宁静的混蛋继续赶路吧。"现在，我们却成了哥俩好，这瓶酒也算物尽其用了。

"顺便说一声，"他说，"伊莲娜把这一小包酵母送给你。"

我们喝光了一升这种毒药般的饮品。奥列格又上路了，我则上床昏睡过去。

五月五日

布里亚特在早晨六点三十分把太阳归还给我们。

酵母改变了面饼的一切。

小狗向鹡鸰宣战。

细薄的雪层使湖泊有了乌尤尼盐沼的风味。

要把谢尔盖三个月前砍下的松木块劈成木柴，每块木头我得花上三分钟。

夜间气温为零下十摄氏度，白天勉强超过零度。

用桦树皮生火比干苔藓更有效。

冰面上的黑狗在远处就很显眼，到了夏天，它的身影在浅灰色的湖岸将难以掩藏。

想让斧头锋利，用卵石耐心地摩擦斧刃就足够了。

鱼会自然而然地聚集在钓鱼窟窿的最低点。

掺了水的伏特加是不错的玻璃清洁剂。

把马灯挂在天花板下面是个蠢主意，我昨天这么做了以后，木梁差点烧了起来。

维持室内整洁能产生快乐。

红点鲑鱼不去鳞也不清除内脏，包在铝箔中烤，风味更足。

七点，黎明的晨光照射到桌上；十四点，照到床脚；晚上六点，太阳将在山脊后摇曳。

昆虫尚未从冬眠中醒来。

第五杯伏特加过后，很难再拒绝下一杯。

无所事事使人关注一切事物。

以上是我今天的观察心得。

五月六日

冰雪是台计时器。春天很快将发起致命一击。水漫过冰面，凿刻了无数细小的凹槽，如同遭受了蠕虫蚕食。我得警惕那个日子的到来，那时的冰将崩解为水晶脆粒。坑坑洼洼满脸麻印的冰面不再是那美好的、金属一般坚硬的黑曜岩，那层螺钿质也将发出脆裂的声音。

我在永无止境地漫游，艾卡和贝克跟在身侧。我从一个岬角走到另一个岬角，来来去去，每次来回，乌鸦都哼出一丝冷笑。

五月七日

浸在冰水中的捕鱼篓里挤满了鲇鱼，简直是一场噩梦。共有六条鱼落入网中。我明白了为什么那么多人认为鱼是一种魔鬼附身的生物。鲇鱼的嘴像中国神话中的怪兽,黏液覆盖的身体在铜绿色和黄色中变幻……和托尔金笔下的咕噜有些类似。我放走了四条,留下两条比较大的,一刀砍在后颈,解决了它们。但连狗都不敢接近那瘫软的身体。啊,放生野物带来了多么愉悦的感觉!我在心中向沙可船长默默致意,这个人在沉入北冰洋的冰水前,还打开了关着海鸥的笼子。我在摆放在沙滩的木桌上把鱼清理干净,然后往火炉里填进大把木头,准备煮鱼。鲇鱼肉美味弹牙,但略有些恶心。烹调鲇鱼的方式很多,最好的办法是把它放在面粉中滚一圈,用油滋滋的面包屑遮掩泥腥气。英国人就是这样对付落到他们手里的一切食材的。我仍记得,在布赖顿的各家鱼和薯条店里,浸满油的报纸就是我们的盘垫。我为小狗准备了一盆杂烩,也为自己留了一份雅致:煎鲇鱼肝配一大口伏特加。

接连数月吞食鱼肉后,我逐渐变形。我开始有了湖泊的品格,更加沉默寡言,更加迟缓,皮肤变得白皙,浑身散发着鱼鳞的气味,瞳孔张大,心跳放缓。

在冰上长征,直到雪松中岬。风将湿木头的气味吹向旷野。刚刚达到正数的温度释放了泰加森林的芳香。春天仅仅震颤了一下,但在那依然冷冽的天空中,太阳构成了一个热点。裂缝间的水已然解冻,每当遇上太宽的裂口,狗就不愿越过。我只得怀抱一只,跨过断口,再回来带呜呜哀求着别把自己抛下的另一只……

雪松中岬有一座废弃的小木屋。有个人曾藏在那里，直到一九九一年苏联解体。当克格勃前来搜查时，他逃到山里躲了几天，直到危险过去。我无从得知他到底是个异见分子还是个逃兵。如今，这里仅残存一间屋顶塌陷的茅屋。走进屋时，我想到了这个家伙。叶利钦上台后，他回到伊尔库茨克，没几天就死了。如果可能的话，我应该乐意与他相识，他会是我的座上宾。我在瓦砾横梁中找到了一盏油灯座和一只带把儿的杯子。

俄罗斯的森林向遇难者张开臂膀。农民、强盗、笃信者、抵抗者、只愿遵守无形之法的人，都来到了泰加森林。树木从不拒绝提供庇护，君主则派来了伐木工摧毁树林。垦荒就是治理国家的法则。在一个有秩序的王国里，森林是最后沦陷的自由堡垒。

国家监视一切，森林里的人则隐蔽地生活；国家监听一切，森林则是寂静的殿堂；国家控制一切，这里只承认远古的法则；国家要的是驯服的生命、光鲜外壳下的干涸心灵，泰加森林则释放人的野性，解开灵魂。俄罗斯人知道，如果情况变糟，泰加森林就在那里。这种理念扎根在他们的无意识深处。城市只是暂时性的体验，总有一天森林将重新覆盖一切。在北边广袤的雅库特，消解已经开始。那里的泰加森林正在收复因改革而被废弃的矿业城市。百年之后，这些露天监狱将仅余埋藏在林叶下的废墟。一个繁茂的国度，只是更换了居民：人取代了树木。总有一天，历史将会再现，树木将会重生。

各个国家的异见者，进入森林吧！你们会在那儿找到慰藉。

森林不评判任何人，但自有其法则。它在每年五月底举办年度盛会：生命回归，灌木丛焕发着触电般的狂热。在冬季，我们也从不感到孤单：乌鸦鸣叫、山雀来访，还有猞猁的足迹，都驱散着苦恼。忧郁的日子里，只需想想那美好的再生法则：树木衰亡，倒地，腐败。在承载森林记忆的腐殖土之上，其他树将会重生，开始一两百年向天空攀缘的历程。

小白狗贝克流血了。冰磨破了它的右前掌。我用油和鲇鱼脂肪的混合物为它按摩。生物进化是否曾预料到，鲇鱼的肝脏将帮助西伯利亚小狗愈合伤口呢？

五月八日

我走在被流水划伤的灰白色冰原上，前往叶罗钦沃罗迪亚家进行礼节性拜访。贝克的脚掌好多了。两条狗并排碎步小跑，我们共花了五小时才走完全程。必须在叶罗钦湖湾那裂纹的迷宫中寻找道路。一只雄鹰在空中盘旋，或许正监视着一只死去的海豹。

我坐在沃罗迪亚的桌旁，看着永恒俄罗斯的风光在窗外交替。俄罗斯人提到偏远地区时所用的词汇叫"深渊"（gloubina）。伊莲娜包着头巾，正在菜园里喂她的鹅。一只公山羊走过，身后跟了一只猫。这扇窗如同列宾的一幅画，可以取名为：西伯利亚的一天。狗打起架来了。贝克和艾卡凭着四个月龄的年轻气盛，一到叶罗钦就冲向沃罗迪亚那五条高大的牧羊犬，想要人家的命，结果挨了一顿暴打，我却为它们的威武感到高兴。沃罗迪亚的巨手擎着一杯茶，口中嚼着柠檬。收音机里，伊夫·蒙当吟唱着《枯叶》，有些哔啵作响。一名主持人开始详述红军的光荣战绩。明天五月九日是卫国战争胜利纪念日。二〇一〇年的俄罗斯人仍无法从打败法西斯的事迹中回过神来。六十年的时光轻如鸿毛：人们谈起战争胜利，好像它就发生在昨天。

"沃罗迪亚，除了你们在六十年前赢得胜利以外，还有什么新闻？"

"什么都没。哦，有的，佛罗里达发生了一场黑潮：美国的所有海岸线都搞脏了。"

巡视为驼鹿设的陷阱。陷阱的制作方法很简单。用锯子给一张铁皮锯出五条边，放在一个陷阱上，上面盖上草。用一块盐巴吸引这种动物过来，当它的蹄子踏上陷阱时，就会钩在铁皮上。驼鹿能制成战利品装饰，在城里价值高昂。人类感觉自己肩负着一份义务：清空森林。

晚上：

"你有国际象棋吗，沃罗迪亚？"

"有啊，这是除拔河之外第二聪明的游戏了。"

下了一会儿棋，我输了，然后读完了毛杭的《富凯》。我正进行一种练习：沉浸在阅读中，而所读作品发散的色彩完全是我目前生活的对立面。所谓异国情调，就是一边感受着清风轻柔地摇动西伯利亚雪松，一边遨游在凡尔赛宫廷的政治权谋和繁文缛节中，忍耐着马扎然的恨意和冉森教派的灼烧。问题在于，路易十四宫廷中的沃罗迪亚和泰加森林里的孔代亲王，哪一位能支撑更久？"在富凯面前，大自然也要颤抖。"毛杭如此写道，"它似乎匍匐在地，祈求人们将它遗忘，布道者和悲剧演员那么多次地向它反复，它对人毫无权力。"我来到小木屋里住下，正是为了忘记布道者和悲剧演员的唠叨。

五月九日

毛杭在第二章中写道："开启生命的方式有三种：开头享乐，随后严肃；或是开头苦干，终获回报；最后一种则是享乐与苦活同在。"小木屋便是实施第三种方式的场合。

早上八点，一头三百公斤重的熊在叶罗钦那一小块林间空地南面的沙堤上徘徊。为了诱捕野兽，沃罗迪亚在桶里装满了海豹油脂。他嘟囔着："唉，要是它再往北五百米，出了保护区，就能杀了。"一股无以名状的失望漫过我的心头。我们得在婴儿刚出生时便切下一小截新皮质，这样才能抹去人类摧毁世界的欲望。人是个任性的孩子，把地球当成自己的卧室，野兽是玩具，树木是他的拨浪鼓。

昨天的教训有了成效。艾卡和贝克待在我的腿边，不愿接近其他狗。等大家回到木屋的小院里，我的两条小狗就被沃罗迪亚那群狂吠的看门狗用上了刑。我冲进它们的混战，往那些毛茸茸的狗肚子上踢了几脚，保护我的小狗，沃罗迪亚的吼声则超越了这群狗吠大合唱向我奔来:"该死的,让它们按自己的规矩来。"就在这时,那只昨晚和艾卡称兄道弟的黑猫突然窜出搅局,撩了几爪就叫那些闹事者落荒而逃。我马上向它颁发了"雪松北岬私人警卫杰出贡献皇家勋章"。我亲吻了伊莲娜气色饱满的双颊,又费力地从沃罗迪亚的熊抱中挣脱出来,返回自己的家。

回程路上有一只海豹。它正倚在一道裂口旁晒太阳,遇上紧急情况可以马上潜入湖里。我借着水退下去后重新露出的一排浮冰做掩护,在冰上匍匐前行。它是听见了我的声音,还是瞥见了艾卡衬在象牙色冰面上的黑斑?总之,距离还剩两百米时,它消失了。

空气有些回暖,我这小火炉冒出的烟圈在空中久久不散,像香烟的纱雾一样令人安心。天黑了。

五月十日

今早,黎明再次坚守了承诺:太阳准时出现,天空变成了一场轻歌剧的背景。我向远处走去,准备拥抱摆脱了大雪重压的山峰。只有山顶和峡谷深处还残留着白雪。在湖面行走时,我一下子跳过一条裂缝,冰的边缘咔嚓一声脆断,我的目标落脚点太近,结果掉进水里。关键是不能滑到冰面底下去。回程的路上天清气爽。湖泊的裂口如同冰川裂隙,会向过于轻信的人送出死亡之吻。

下午，我攀上了瀑布。经过灌木丛时，仍有雪沾在雪鞋上。矮松造成的障碍也远远超过以往，只能借助碎石地勉力前进。小狗的攀岩技艺有所进步。在通向瀑布的断口，春天正磨刀霍霍。有些微弱的力量已经突出重围。毛茸茸的高山银莲花在阳光中晃动。小草也从冰粒间冒出头来。我的一串足迹印在雪坡上。一头熊跟踪了一会儿，又下山往河流那边去了。蚂蚁像溪流一般在它们用松针组成的据点旁行军，如同在哥伦布发现美洲大陆前的一座金字塔（已略有腐蚀）脚边举行祭祀太阳的仪式。洪流已被释放，消逝在山谷出口的冰层之下。山峰正融化。坡地上争先恐后地出现了色彩鲜明的条纹，好像是姑娘们争着向湖泊跑去。桤木的萌芽钻出鳞片，杜鹃花丛中映衬着星星点点的紫花，光亮的叶片散发着蜡的气味。大自然以腼腆预示着它最终的胜利。

两股矛盾的生命冲动酝酿着重生。深埋在土壤中的将要迸发，蕴含在高处的则将喷涌。

喷涌的是：水将从山巅奔下，用激流洗刷山坡；蚂蚁涌出巢穴；松树皮渗出珍珠般的汁液；钟乳石状的冰锥拖长至地面；熊和鹿离开高原，来到湖滩寻找食物。

迸发的是：数十亿计的幼虫破土而出；植物的茎叶；茎秆顶端的花朵；在水底度过一冬的鱼群将回溯湖面。而我呢，今晚我将安静地在小木屋里惬意地吸着烟，一直等到崩裂忽现的那一刻……

山上的瀑布仍是一片冰冻，但它的瓦解不远了，就是几天的事而已。

晚上，我在一小时里钓了三条红点鲑鱼。奇怪的是，湖水从来不让我捕到更多，好像根据我的需求预留了一份似的。这一神秘之处预防了人类罪孽的蔓延。在穴居时代的某一天，有个人得捕到超过他本人食量的鱼。这便宣告了今日人类的傲慢与掠夺。我收获微薄的另一种解释则是——可能性更大——我是个平庸的渔夫。

今天，看见了一只海鸥。雪松北岬顶端还出现了一只雌黑琴鸡。我的目光无意间扫到了它，否则，我一定会毫不迟疑地在几厘米外走过。

夜晚在布里亚特的山脊上投下了色粉画般的光泽，呈玫瑰色和粉蓝色，而山峦呢？简直让人垂涎欲滴。

冰雪坚持不了多久了。我花了半小时，在原先的水井旁凿了一个直径一米的窟窿，感觉好像凿在糖块上。在马灯的微光下，我浸没在这个新水盆里。俄罗斯人在一月主显节时会这么做，以拯救灵魂。二三摄氏度的水叮蜇着双腿，最终紧裹身体。雪茄带来一种温暖的幻觉。心脏似乎一惊，人竟然对它施以如此刑罚。人的大脑如同一个贵族气派的参谋部，热衷于指使身体干各种苦役。那些灰色物质惬意地浸润在脑脊液中，骨架却累得要折断了。

我急忙奔出门外，因为突然看到了某种幻象，似乎有巨大的鲇鱼在水里穿行，还有水蚤在寻找可以塞牙缝的东西。有了这些爱吃腐尸的家伙，贝加尔湖才如此清澈。

五月十一日

我竟然没有思念过此前生活的任何东西。当我往面饼上抹蜂蜜时，这个显而易见的事实闪过脑海。既未思念过我的财物，也没思念过亲友。但这个念头并不使人安心。一个人能如此轻易地离开他穿了三十八年的贴身衣物吗？当人围绕着一无所有这一观点安置生活时，便能支配一切。

我从望远镜中辨出两公里外的一只海豹，于是绕了一大圈慢慢接近它，同时还要小心地拣背阴处走。一道五米宽的裂口横亘在我俩之间，其间漂浮着松散的浮冰，可作浮桥。我尽量保持平衡，从一块浮冰跳到另一块上。当我离海豹还有一百米时，它消失了，在一声激浪中被冰窟窿所吞噬。

晚上，小狗们追着一只鹈鸪跑了两个钟头。后者表现出的耐心令人惊叹。随后，它们又围着一只野羊蹄你争我夺。

五月十二日

雪松北岬的一天：

清晨六点，仰望天空。生火（同时对它低声诉说温柔的话语）。出门汲水。我注意到温度计显示为零下二摄氏度。就着滚烫的茶吃了一个面饼。透过茶的雾气眺望湖面。再望望湖水，但这次则是透过第一支小雪茄的烟雾。一边嚼伊莲娜的浆果，一边读完了《黎明的允诺》。拜访环绕在小木屋周围、各自相距三百米的四个蚁巢，视察加固工程。透过望远镜寻找晒太阳的海豹的小黑点儿。给油灯画像，试图还原玻璃的透明感。修理在前天徒步过程中弄坏的刀鞘。砍柴。用鲇鱼汤喂狗。煮晚上的荞麦粥。在最近的钓鱼洞花四十分钟钓上两条作为配菜的鱼。思考如果我那亲爱的人愿意垂顾这里，这一天将会怎样。她是世上唯一即使近在身边也会令我思念的人儿。不去想那些阻止她来到这里的种种理由。既然无法阻止这些想法，便缓缓地醉去。喜悦地迎接夜晚降临，它将掩盖我面前的树木。

五月十三日

湿冷的雨天。雪松的枝叶仿佛上了釉，水在树枝上流淌。美永远无法拯救世界，它只能为人类的自相残杀提供美丽的布景。

湖上笼罩着灰白的寂静。这萎靡的白昼在蓄谋什么？是冬天的逆袭吗？不，春天已经介入太深。季节的美好之处在于，每一季都会礼貌地让出自己的位置，没有谁会纠缠不休。将近五点时，终于有事发生：云开了。蓝天扯散了那一团团棉絮。灰暗的云块瓦解，薄雾的披巾勒住了泰加森林的脖颈。快来一杯酒！但愿伏特加能帮我更好地捕捉这些变化的灵动之处！啊，如果有葡萄酒就好了……不过克德罗瓦亚伏特加也能完成任务。干了第五杯酒后，我明白了在云团中发生的一切。

五月十四日

时光时光时光时光时光时光时光时光时光。
怎么了？
它就这么过去啦！

五月十五日

要杀死某个时刻的醇厚感，最佳方法是感到应该为它拍张照片。我在窗格边待了一小时，黎明的景色正大放异彩。

小木屋是我与时间签订停战协议的降敌车厢：我与之达成了和解。任其流逝是最起码的礼节，从一扇窗到另一扇，从一杯酒到另一杯，在书页之间，在紧闭的眼皮之下，重要的是留出距离，为它打开通道。

灰色的鹡鸰在屋顶东北角筑了巢。小狗已经放弃了对它们的追杀。我坐在桌前看着冰雪消亡。冰层已被损毁，水四处渗透。湖面隐现大理石纹似的黑色斑痕。湖泊痛苦煎熬，却并不知道床头正有人窥探。我就是守夜军团中的一员。

一天中的断句节拍组成了一曲乐谱。八点鸟儿到来，九点三十分一缕阳光扫过防水油布，小狗在黄昏时分玩耍，海豹在下午出现，月亮倒映在水桶中：完美的机制。这些微不足道的约会是林中生活的大事件。我等待着它们，期盼着它们。当它们突然降临时，我认出它们，并表达致敬。它们使我确信，诗歌必须遵守格律。古希腊人观察着类似的大气变幻：倏地波澜起伏，神灵现身。在出现的一束光面前，我们感受到生命的震颤：这是脑动脉硬化的症状，还是智慧？幸福变得简简单单：就是等待一些我们明知将会发生的事情。时间出色地安排了这突然出现的一切。城市的定律截然相反：人们苛求的是，出人意料的新鲜感必须一刻不停地处于饱满盛放的状态，新鲜事物的烟火永无止境地充斥时间，用转瞬即逝的花火照亮他们的夜晚。小木屋的生活节奏更类似于节拍器，而非烟火的闪光。

小狗满足于这永无止境的重复开端。每当某一事物的轮廓刚刚显现，它们就不耐烦地流下口水。若有意外发生，访客突然上门，它们会低沉地嗥叫、狂吠、发起攻击。新鲜事物是敌人。

有时，启示来自内心深处。不再是面对世界发出的信号时全身的战栗，而是内心的冲动，思想的溅射，欲望的闪光。此时的人会感到自己就是神魔交战的一片居住地。

下午，又下起了雨。云从西方飘来，在湖泊上方停下来。在那里的俄罗斯平原上，储备的湿气似乎用之不竭。几只乌鸦掠过湖面，发出一声鸣叫，雨滴噼噼啪啪地落在屋面板上，泰加森林仿佛一支停歇的军队。大自然正在穿越一条令人沮丧的航程。

对于活活卡在木头棺材里的我而言，恐怖的时光随着夜晚出现。幻想与悔恨借着半明半暗的光线钻进我心。十九点，当光线暗淡下来，它们便趁机发起行动。得用伏特加才能把它们驱退。再次查看我的库存：还剩二十二升克德罗瓦亚伏特加和三升胡椒伏特加，十二支帕塔加斯雪茄，五盒小雪茄（每盒二十支）。我得靠它们与恶魔斗争数月。

勇气体现在直面一切：我的人生，我的时代，以及其他。思乡、忧郁、遐想为罗曼蒂克的灵魂提供了片刻合乎道德的幻象。这些被视为美用来抵御丑陋的方法，实际上只是懦弱的遮羞布而已。我是什么？一个因人世而恐慌的懦夫，幽禁在一座小木屋里，躲在森林深处。一个在沉默中酗酒的胆小鬼，因而不必见证时代戏码的上演，也不会在冰上踱步时与自己的良知交错而过。

五月十六日

天空终于云开雾散。我按照俄罗斯人的做派行事：昏昏沉沉地在窗格后待了三四天。我一跃而起，背上装有三天给养的背包奔出门外，小狗围在身畔。俄罗斯人就是这么安排的：长期懒散的日子中穿插活跃的休闲日。冰面依然坚挺。我穿过湖面向雪松中岬前进，目标是再次登上那座在该处汇入湖泊的河谷。我跳过冰上裂缝，而且得留出更多余地，因为裂口边缘的冰更薄。一阵骤雨袭来，我躲进古老的森林，它们覆盖了这片积水地带的锥顶，我所追寻的这条河流已灌溉此地数百万年。我陷入苔藓群，地衣组成的缎带为树木根部铺上毡毯。森林好像沃尔特·司各特笔下的沼泽和失落的世界中的灌木丛。太阳现身了,往雾气中投射光束。桦树整齐地排列成象牙色的殿堂。兴安杜鹃散发着一种老妇人似的干净气味,与被熊扒开的树根的腐烂气息形成鲜明对照。森林呼呼地出着气。狗被这扑面而来的浓郁气息搞得晕头转向,不知所措。潘多拉的盒子半掩半闭,气味从中散出。西伯利亚的泰加森林是一片寒冷的丛林。如果此刻精灵女王带着扈从出现,手指一挥,地衣的帷幔便四散退去,我也不会感到惊讶。

我在一行排列得相当奇特的柳树后面发现了一条已被灌木重新占据的排水沟。二十年前,这里有一条道路从地质学家营地通往湖畔。在海拔七百米处,地图上标注的这个站点仍然存在:四座破烂的枞木屋和两个锈迹斑斑的铁皮车厢掩映在幼树丛中。北面展开了一座双谷,两条谷底线被一道石棱隔开。我在一片长满矮松的碎石地上艰难跋涉。树枝在石块上匍匐,而石块抵上了一面柔韧但无法翻越的墙。我再次下到背斜谷地,穿着雪鞋一直爬到岩石山脊基部。海拔约一千米处的一块山肩似乎适于扎营。一场暴风雨扑来,把整个天空的水全部倾倒在这片页岩和花岗岩组成的平台上。艾卡和贝克被闪电吓坏了。我把冰镐和鞋钉藏在一百米以下。小狗在一棵桦树下蜷缩成一团。我欣赏这些小生命,它们既不带给养,也没有回来的计划,就这样快快乐乐地向山里进发了。

我砍了一些矮松枝条,使地面柔软些,然后用了整整三小时试图用湿透的木头点火。最后,《拉摩的侄儿》的几页纸完成了这一任务。这也不是狄德罗第一次煽风点火了。在我用皮肤烘干的一小堆树皮屑上升起了一簇无力的火苗。火犹如一只被暴风雨伤害的可怜动物。我一根一根地加入细小的枯枝，火渐渐旺了。我看着它摇曳闪烁，感觉自己像个心脏复苏师一般百感交集。它膨大起来，终于胜利了。我吹气吹到头晕眼花，终于获得了一堆篝火。狗围拢过来借着火光取暖。支帐篷时，又是一阵滂沱大雨。我缩在还没绷紧的帐篷下面。在闪电的瞬间，冰雹激起千万颗钻石。帐篷弯曲了，虽然没有折断，但已被水淹没。当暴风雨猛烈追击着山峰和我的尼龙布时，我明白了为什么狄德罗喜欢每晚在王宫的温和灯光下休憩。风停了，雨住了，星星回来了，小狗抖动身体，一阵和风吹干帐篷，而欢乐的巅峰则是发现几块火炭仍未熄灭。我重新点了火，躺下睡觉，开启的防熊烟火放在枕边，以防意外来访。艾卡和贝克缠抱在一起，在西伯利亚的夜里画下了阴阳符号。

五月十七日

太阳已经挂得老高。小狗们迎接着起床的我。它们应该正期待着口粮，但我除了一点面包外一无所有。理想的做法是让它们回到小木屋去，但它们不愿意，仍待在我的腿边。狗把我们当做它们的神，它们的母亲，也就是它们的主宰。我收拾好营地，沿着山脊向上攀登了五小时。当一道断层拦住去路时，小狗们呻吟起来。随后，艾卡找到了一条通道，引着它那较为笨拙的兄弟走了过来。山峰再次挺立，在一千六百米处，我站上了冻硬的雪层。艾卡和贝克坐在一块大石头上，望着湖面。

两千一百米的山顶像古拉格一样寒冷。向东，自然保护区的心脏地带揭开了面纱。一过山脊的背面，沿贝加尔湖延伸的山峦便矮了一截。向北，与湖岸平行的景色逐渐收窄。贝加尔湖犹如一块镶嵌在框中的玉石。东边，起伏的丘陵铺陈着灰色松林，其中点缀着湖泊和条纹状的支流。这些泰加森林经受的气候比湖边更加严峻。亚洲的伐木公司对这些处女地垂涎三尺。中国人梦想着拥有这些森林和水源储备。这里将成为他们的第二个满洲里，因为第一个满洲里的果实早已被搜刮一空。在人类历史上，面对着眼前人口稀少、资源丰富的空间，任何一个人口大国都不会旁观太久。水力原理同样适用于历史。如果按连通器的原理假设中国和西伯利亚的状况，那么蒙古将成为中间的闸门。如果这片泰加森林变成争夺的战场，我所在的山顶将成为良好的封锁点。中国人的优势将在于人数和饥渴，俄罗斯人具有的则是他们的粗野和对任何威胁"祖国母亲"（mat rodina）的事物的仇恨。小狗们把鼻子埋在皮毛里，睡得正沉。

我们沿着最北边的峡谷下山。走到半山腰时，岩壁变窄，一道四十五度角的大斜坡使我不得不在积雪上凿出一些阶梯。狗呜呜地叫，无法通过。然后，艾卡冲下斜坡，指望着我来帮它停下。我接住它，然后又阻止了贝克的下滑。小母狗想出的办法不错。这时，我们来到山墙脚下。我在谷底找到了前一天的足迹，但已被一头熊的回窝小径掐断。它刚在不久前经过，脚印很深，而且似乎对我的足迹毫无兴趣。林木边缘的激流已经重获自由，曾经覆盖在上面的雪舌开始消融，露出清澈的水流。我生火烘干衣物，在美妙的阳光下睡着了。

从地质学家小路回到湖边。太阳和云朵在下国际象棋，把卒子放置在大理石质的棋盘上：黑白阴影的游走犹如骑士在冲锋陷阵。

五月十八日

中午，我离开小木屋，向"白谷"的上游进发。这座弯曲的背斜谷里长着落叶松，把山峰一剖为二。从我的住处往北一公里即可到达。在岩石山脊铺满碎石的高处，可以目测春天造成的创伤。湖面已经破损不堪。

要登上从小木屋开始隆起的这座山峰，只需沿着山脊即可。在近似于黎巴嫩的阳光下，我越过了海西运动形成的花岗岩岩峰和尖塔，但它们都已几乎腐蚀殆尽。连矮松都无法占据的大石坡在我脚下滑动。我生怕压到小狗。傍晚，穿越最终夹杂着积雪带的五百米后，我来到了顶峰，在两千米高处面对贝加尔山脉形成的拱廊，位于北方一百公里的切尔斯基峰是它的王冠。岩质山脊因四面来风而布满裂纹。融雪的地方覆盖着鹿所钟爱的地衣苔藓。在地势略低的细长山坳，有只熊几天前刚刚经过。

屹立在山巅。山峦是我所仰慕的。它们躺在那里，冷漠淡然，对生存感到满足。黑格尔的"就是如此"（So ist）是人类面对无限时说过的最有智慧的话。我喜欢爬到高处探索自己所在的领域另一端的景象。贝加尔湖是一个封闭的水盆，蕴藏着独有的物种，被自己的气候所支配。在湖畔生存的居民如同生活在一个村庄的广场周围。其中的大多数从未登高远望要塞城墙的后面是什么。我们可以满足于坐井观天，或者是决定出去瞧瞧。

伊凡诺夫手下的哥萨克从日落的西方来到此地，在某一天携带着猎枪和匕首登上这些山脊。他们站上了高高的山脊，相互拥抱，然后便望见了四五小时步行距离外贝加尔湖的那片海，泰加森林的部族应该从叶尼塞河开始便对他们诉说着这座湖的故事……

经由道路艰难的斜坡和摇摇欲坠的峡谷，我抵达了一千六百米处一片遍布矮松的谷肩，在小狗、湖泊、树梢，以及渴望加入星空的火花的围绕下，度过了绝妙的一夜。

五月十九日

回程相当迅速：我们滑下峡谷，一直到了"白谷"的第一丛树林。一股劲风从北方刮来，使狗兴奋不已。一场风暴正在酝酿。当它倾泻而下时，我正躺在吊床上，唇间夹着雪茄，眼睛盯着吉奥诺的《人世之歌》。仅仅几秒钟，暴风雨已从山峦直扑下来，狂风狠狠地吹开冰原。十分钟内，河流开凌，摧毁了冬季为支配世界而付出的全部努力。春天的壮观景象应能使普鲁士将军灰心丧气。这是一个俄罗斯人在举行加冕典礼。

冰面瓦解，湖水重获自由。它在冰块间凿开航道，浸没浮冰。雨点没找到落地的路，水珠连成的线又随着旋风升上了天。在这一片混乱之中，泰加森林发出了惊恐的信号。艾卡和贝克躲在挡雨板下的台阶上。开放的深灰色水流在溃败的浮冰碎片的映衬下显得格外突出。一阵阵急骤风搅乱水面。一道彩虹出现在岬角顶端，另一端则在湖中央找到了支点。彩虹桥下框着聚集在北方的大团乌云。只有一束光染红了布里亚特的山脊。一条线支撑着墨色云幕的基座。在刚过去的十分钟里，我目睹了冬天的死亡。

暴风雨继续向南搞破坏去了。湖泊恢复平静。在清新的空气中，光滑如缎的天空下，获得自由的波浪托着冰块漂移。曾经像彩绘玻璃窗一样闪亮的冰块如同丝绸窸窸窣窣地轻轻摩擦，一接触便自动崩解。这次开凌释放了湖泊的脉搏。我把板凳安放在一块浮冰上，在缓慢的漂移中度过整晚。流水回来啦！流水回来啦！今后的一切都将和从前不一样了。

五月二十日

在流水解放后的第一个早晨，鹡鸰专注地开始了幻术表演：在流水表面那层看不见的一毫米薄膜上蹦蹦跳跳。快到中午时，大雨倾盆而至，在腐殖土上击打出华美的鼓点。大地喝到饱醉。河流几乎与湖泊齐平。只有一条冰缘遮掩了激流与湖岸的接触。

数年之后，数个世纪之后，我饮用的这些水流将汇入极地冰洋的长浪。当我们想到一片雪花从山脊到湖泊，再通过河流从湖泊进入大海的历程，会觉得自己不过是个平庸的旅人。

我从艾卡身上揪下两只吸血的蜱。生命都是打了折扣的贡品，而最终为所有人付账的则是植物！

五月二十一日

碎裂的浮冰将在一个月内随着风和水流漂移。冰块将来来去去，我的湖湾也有可能在某一天重新堵塞。今天早晨的湖泊成了一片液态的平原，黑油上没有一棱冰块。我和小狗一起前往列德那亚河，计划在那儿尝试钓鱼。它就位于从我的小木屋到沃罗迪亚小屋的半路上。

近日来发生的事件也解放了湖滩上的生命。白天到处是飞虫。我在晒热的卵石滩上午睡了一会儿。湖堤上，沙地里有斑斑点点的银莲花花簇。鸭子在开阔地带打闹，既渴望爱情，也渴求新鲜的流水。它们在南方度过了不少时日。当狗朝它们奔去时，便以哀婉的姿态纷纷起飞。人类最初模仿鸟类制造飞机，鸭子则模仿了早期的飞机。湖岸因一场常驻的飞行集会而热闹非凡。鹰在翱翔，一群群鹅在巡视。海鸥不时突然俯冲，还有对生命吃惊不已的蝴蝶在空中摇摇晃晃地飞行。四十八小时足以让春天确认它的这场暴乱大获成功。

森林里被熊和鹿踏出的小径显露出来。它沿着湖岸，就藏在森林边缘后面几米的地方。列德那亚河上仍覆盖着一条宽阔的冰带。小狗们突然吠叫起来。岩石坡上面,有一只熊从杜鹃花中探出头。我抱住艾卡的脖颈,它的兄弟则躲在我的腿间。勇气并未平均分配给这同一胎小狗。俄罗斯人有一套程序:一旦撞上,不要逃跑,不要看那头野兽,不要突然移动,踮着脚尖后退,同时喃喃低语一些令它安心的话。可问题在于灵感。对熊说什么呢?我毫无准备,在慢慢后退时只想出了这么一句:"滚开,你这只大兔子!"命令起效了,它一边往后退,一边把矮树林搞得乱七八糟。

在河口钓到了两条红点鲑鱼。我们沿湖滩返回。我走路的时候,手里攥着开启的求救信号烟火。湖滩和沿岸的冰带布满了熊的足迹。我并不害怕,因为我知道它们并不会前来进犯。每每不安时,就得坚信《鲁滨逊漂流记》最后几页中笛福对这种沉默而冷淡的野兽的描述:"熊安静地游荡,并不想惊扰任何人。"

我回到小木屋,修理钓饵,喂狗,准备我的两条鱼,把刀掷进墙壁,带着《人世之歌》躺下。吉奥诺颠覆了一切皈依自然法则的生灵的现行价值观:他将物拟人化,人则自然化。他笔下的河流长着腿,猎人则有着"岩石般的身体"。

五月二十二日

一条长五百米的水流带沿着湖滩流动。风刮着它的脸颊。越过水的边缘,就有被西风吹着浮动的冰块。浮冰瓦解时,如同浸透香槟的糖块一般发出噼啪声响。湖泊散发着性的味道。

那些打洞的、凿孔的、折裂的、搅和的、掘地的，有钳夹的、有钻子的，用刮刀、吻突或长鼻的，爬行的、行走的、飞翔的，栖在更强壮的动物身上的，模仿、伪装的，夜行的、白昼的，还有黄昏出没的，用视觉的、用嗅觉的：一切都从麻木中醒来，目睹水的解放，就像朋友们在一个囚犯的出狱之日前来迎接他。尽管经过了漫长的睡眠，但它们仍未忘记应有的姿态和生理反射。昆虫的族群将侵入森林，我也感觉没那么孤单了。

人们在小木屋度过的时光是反革命的。永不破坏，保育长存，信奉巴雷斯学说的隐者如是说。人们在这里寻找和平、团结和重联。人们相信回归的轮回。既然一切都将过去，一切都将归来，决裂有何益处？小木屋具有政治意义吗？生活在这里对人类群体毫无贡献。在人类集体寻找能够使人共同生活的方法的过程中，隐修生活的经历并不能出一份力。意识形态像狗一样，只能停留在隐士小屋的门槛。森林深处既没有马克思也没有耶稣，既无秩序也无无秩序，不存在平等，也不存在不公平。一个仅仅关注当下的隐士如何能够焦灼于预测未来？

小木屋不是收复失地的根据地，而是一个落脚点。

它是遁世的避风港，不是酝酿革命的平民街区。

它是一扇出口的门，而非出发点。

它是船上的休息室。船长在那儿喝下沉船前的最后一口朗姆酒。

它是野兽包扎伤口时待的坑洞，而非磨尖利爪时所在的巢穴。

五月二十三日

昨夜三点，犬吠声使我急急赶到屋外，手中还紧攥着防熊烟火。一只熊在湖滩上徘徊。黎明时分，我在灰色沙石上发现了它留下的足迹。

流水继续着大胜的战势。今早，它已在冰块和我所在的湖岸之间扩张出一片宽十来公里的区域。风推着冰筏向开阔地带荡去。阳光照耀着支离破碎的湖面，湖岸则仍躲在阴影之中。第一缕阳光照进小屋，在地板上舞蹈：没有比这更欢乐的演出了。太阳热烈欢迎着我，一如我的小狗。整个白天，眼睛收割着这些图景，睡梦则会将它们炮制烹饪。

克尔凯郭尔在《论绝望》中写道，人会经历三个时期：唐璜式美学的享乐时期，浮士德式的质疑时期，绝望时期。或许还应加上林中的自省时期，这正是对前三个时期进行的合理总结。

我在脖子上戴了一个小小的东正教十字架。当我赤裸上身劈柴时，它在阳光下闪闪发亮。在我孩童的梦想里，一个蓄金色胡须的丛林鲁滨逊绝对缺不了胸前的基督十字架。我喜欢这个宽恕通奸妇女、口吐悲观讽喻在路上行走的男人，他向资产者喝倒彩，来到山顶见证自己的毁灭，因为他知道，死亡在那里等待着自己。我感到自己属于基督教的国度,在那广袤的土地上,人们决定尊崇一个讲授爱、允许自由、理智和公平席卷城邦土地的神。但令我踯躅不前的则是基督教派,我们用这个名字称呼那些被某个僧侣篡改的福音书语句,那些头戴教皇冠冕摇着铃铛的巫师用炼金术将滚烫的话语转化成为刑法。耶稣本应是个希腊天神。

五月二十四日

今夜我梦见熊群大举进攻。它们跳上小木屋的房顶,像猫一样灵活,像阿富汗猎犬一样苗条。梦境相当骇人。我怀疑空气中新近弥漫着的海藻气味影响了我的梦,把它拖向哥特幻境。

一列潜鸭栖息在嵌在三大块浮冰间的开阔水面上,然后以完美的阵形朝蒙古的方向起飞。一对秋沙鸭在我的湖湾相亲相爱。我的眼睛贴在望远镜上,用了几个钟头细细品味它们朋克式的羽冠。丑鸭们马力十足地降落在一条狭长的沟渠中。鸭子好像参加舞会似的盛装打扮,而当它们飞起来的时候,似乎对前进的方向非常坚定。

每晚八点,丝丝阳光滑过南面山脊的缺口,在棘刺密布的立绒上拖着长长的橙红色熔流。究竟是上帝还是偶然创造了如此美景?知道这一点并不重要。难道必须知道原因才能享受成果吗?

晚上,我在户外用餐,面对的是湖滩上用木柴升起的篝火。然后继续留在那儿,和小狗们一起观赏火焰。我的手插进它们浓密的皮毛，感觉热乎乎的，直到月亮爬上山峰，发出睡眠的信号。

五月二十五日

我躺在山顶的吊床上，吸了几小时烟，小狗卧在脚边。巴黎的家人以为我陷在西伯利亚的严寒之中，像个聋子一样在木砧上哟嗬哟嗬地喊，冒着暴风雪苦力砍柴。

湖泊：一面莹白的彩绘玻璃窗，接合处则由微蓝的铅丝制成。冰鳞向南滑动。我躺在温热的空气中，观看大家如何转移觅食地。每块冰之间的水面颜色时时变幻。两只冠鸭从斑驳破碎的湖面飞过。它们是被一团火球追赶还是急着赶赴一场关键约会，怎能飞驰到如此地步？为何有人宁愿将这些鸟儿纳入猎枪瞄准器，而不是从望远镜透镜观赏它们？

五月二十六日

痛苦感受着时间流逝的人无法忍受深居简出的生活，他们只有在运动中才能平和下来。走马灯似的空间转移给予他们时间放缓的幻觉，生活犹如患上圣维特斯舞蹈症，焦躁不安。

另一选择则为隐修生活。

我对细述这片土地的风景丝毫不感觉厌烦。我的眼睛知道它的每一丝褶皱，但在每个早晨仍好似寻找新发现一般贪婪地翻找。我的目光搜寻着三样东西：在这幅已观察上千次的图画中辨认新的细微变化,加深记忆中对这一切形成的理念,确证来这里居住是个正确选择。静止的生活迫使我进行这种原始的观察练习。如果我不能克制自己,就会给去其他地方看看的欲念留下空隙。

我们不会对壮观的景色感到厌倦,这是古老的宅人法则。此外,有什么可抱怨呢?这些事物并不像表面上那样一成不变:光线使美景产生微妙变化,使之变换形象。景色则不断孕育,日日更新。

急匆匆的旅人需要变化。他们在沙堤的一块光斑上找不到足够的震撼。他们的位置在火车上、电视机前,而不是一座小木屋里。最终,在伏特加、熊和风暴的陪伴下,司汤达综合症,面对大美时的窒息,才是威胁隐者的唯一危险。

五月二十七日

我得艰难跋涉七小时,才能沿着覆盖着矮松、软绵绵的地衣和页岩的碎石山脊抵达我的"白谷"的花冠——两千米高的峰顶。另一侧就是我所在世界的反面。另一侧总是一个承诺。我们向那里瞥去一眼,仿佛撒下一张网:使信念在那里扎根,总有一天要去那儿瞧瞧。下山后,这誓言便活在我们心中:一部分视线已经留在高山……

小狗们先后躺在峰顶的石块上,凝视着无限风光。它们正在欣赏,对此我敢起誓。"世上的可怜人"是小狗吗,海德格尔先生？并非如此，要是对它们所知的一切做个最贴切的浓缩，那就是对当下抱有无比信心，并且蔑视一切抽象性。狗的勇敢之处在于：它看着眼前涌现的一切，但并不思考这是否会以其他方式发生。我想到了人类为否认动物具有意识而进行的努力。数千年来，亚里士多德派学说、基督教思想和笛卡尔主义将我们锁在一个坚定不移的信念中，即我们和野兽之间隔着不可跨越的一步。野兽应该是没有道德伦理的：它的行为缺乏意向性，即使是它能表现出的利他主义姿态也同样如此。它在生命中从不质疑自身的局限性。它适应环境，但不会面对现实的一切。它仍然无法感知世界。它只是个可怜的意愿，无法表达。它被束缚在当下，无法传承任何东西，缺乏历史和文化。有些哲学家断言，我们从未见过一只猴子能从一个自然场景中汲取象征性知识，也无从表达美学判断。

尽管如此，森林深处野兽的图景却令人困惑。如何能肯定小飞虫在夜晚光线中的舞蹈没有涵义？我们对熊的想法了解多少？如果那些甲壳类动物赞美清凉的水，却无法让我们知晓也无意让我们察觉呢？燕雀在最高的枝头向曙光致敬时的兴奋又该如何衡量？在明亮的正午飞行的蝴蝶怎会不明白自己的舞动饱含美感？"年轻的鸟儿并没有蛋的表象，[可是]它为那些蛋而筑巢；年幼的蜘蛛没有俘获品的表象，[可是]它为这些俘获品而结网……"（《作为意志和表象的世界》，叔本华）。但阿瑟你是如何得知的呢，你是如何获得这一方面的科学知识，你与哪一只鸟进行的哪一次对话使你如此确信？我的两只狗眯着眼睛面对湖泊坐着，品味日子的平和，流涎是它们高雅的表现。它们意识到幸福，在长时间的攀登后，坐在顶峰休憩。海德格尔的看法付诸东流，叔本华同样如此。啪嗒，思想碎裂了。我很遗憾，一位继承了古老人文主义（意淫）的哲学家未能见到两只五个月大的小狗在一道两千五百万年的峭壁前所做的无声祈祷。

回到湖边。它在和平的夜晚中吱嘎作响。冰告辞了：我们理解它在呻吟悲叹。

五月二十八日

我的这一天是与德拉绍与尼埃斯莱出版社的鸟类指南度过的。"八百四十八个种类，四千幅插图"。这本书是贡献给生命之精巧的日课经，对无限巧妙的进化的礼赞，对风格的庆贺。最矫揉造作的城里人或许把鸟看做愚蠢的自动木偶，带着疯狂的眼神随风而动。但即使这些人也会对野鸡、雷鸟或冠鸭的羽毛用色之大胆感到心悦诚服。我试图辨认每一位掠过天空的访客。根据自然学手册认出野生动植物的名字如同按照人物周刊辨认街上的明星。不过，我们大喊的不是"哦！那是麦当娜"，而是"天哪！一只灰鹤"。

五月二十九日

外出时我总是手握引信，以免遇上在森林游荡的熊。一踏出家门，野生世界即刻展开。在我的这个家，不存在花园这种过渡地带。当然，确实有唯一的园子：它由木板组成，是文明社会和危险森林之间的一座小隔舱。鹿、猞猁和熊在小木屋旁度假，狗在门后睡觉，苍蝇在挡雨板下嗡嗡叫。这些王国彼此毗邻。小木屋是人类在伊甸园的土地上幸存的孤岛，而非先驱者为改造大地而插下的定居点。沙皇的哥萨克在征服西伯利亚时建立了堡垒营地。他们将教堂、武器库和一些建筑围在削尖的松木栅栏后面，并把这些据点叫做"木造边防堡垒"。围墙保护他们免受外界世界侵扰，但让世界等待也无妨。他们既然来到这里，是因为他们梦想着改造泰加森林。而在隐修时，人们则满足于身处森林之中。窗户的用途是在家中接待大自然，而非自我保护。我们凝视着它，从中抽取所需的部分，但并不沉浸在使它臣服的勃勃野心之中。小木屋给了我们一个位置，但并未赋予我们任何地位。我们扮演着隐士的角色，但无法自诩为开路先锋。

隐士已经同意，今后不在世界的前行中占任何分量，在因果关系链中被忽略不计。他的思想不再改造事物的进程，也不对任何人施加影响。他的行为将毫无意义。（或许他仍将是一些人回忆的对象。）这种想法是多么轻盈！它也为最终的超脱拉开序幕：我们成了这个世界的死者，但却从未感觉如此生机勃勃！

橙红色的月亮在夜空升起。它在浮冰碎块上的倒影犹如破碎祭坛上血色的圣餐饼。

五月三十日

今天，我在桦树树干上写下了简短的话。"桦树，我把一条信息托付给你：告诉天空，我向它致敬。"钢笔笔尖下的树皮像羊皮纸一样舒适。一些古拉格囚犯把自己的回忆写在这种树皮上。然后，我打了一会儿水漂，接着用一块旧木板练习提高飞刀水平。

所谓拥有自由时间，即是如此。

五月三十一日

高一千五百米的山峦谷壁一直延伸至湖底。我的小木屋恰恰占据了这条长达三公里的锋线中央一丝薄薄的坡壁断口。我正住在峭壁和深渊的平衡点上。

河水终于摧毁了冰雪在湖滩的踏垛。水流汇合了。洪流打着旋涌进湖泊，发出的生命轰响如同节日盛会。河流劈头盖脸地冲向森林。

一对绒鸭在岬角对面进行水疗。当两块漂来的浮冰即将把它们钳在中间时，它们朝另一片自由的水面飞去。这又是一次流亡的寓喻。

有时，我的视线流连在一片空旷的水域，随后两只鸭子突然现身，如同预兆得以灵验，又像视线在书中发现了一句内心期待已久但未能如愿表述的话。

第一批天牛也已抵达。它们在林间空地笨重地飞行，冲向木桩。我觉得对这种昆虫产生了一种眷恋之情。它们长长的黑色触须向后伸展,轻轻触碰着乌黑发亮的甲壳。它们在松树皮上笨拙地跑动。"爱你的邻人,如同爱你自己。"真正的爱难道不是爱那些与我们截然不同的事物吗?这并不是指哺乳动物或鸟,因为它们仍与人性过于接近,而是指一只昆虫,一只草履虫。人文主义蕴含着行会主义的气息,后者的成立基础是必须爱与我们相似的人。人必须爱人,正如一名牙医必须爱其他牙医一样。在林间空地时,我颠倒了这一主张,试着按照野生动物与我的生物学差异远近的正比来爱护它们。爱就是承认我们永远无法理解的事物的价值,而不是为自己在同类脸上的倒影大肆庆贺。爱一个巴布亚人、一个孩子,或是邻人,这不过是轻而易举的事,但要爱一块海绵!一片地衣!爱一棵被风肆意欺凌的矮小植物!这才是艰难所在:对一只修复家园的蚂蚁感到无限爱意。

在雪松中岬度过短暂的下午,观察在岬内水塘中栖息的鹅。回程时,我发现自己的足迹中混杂着熊的新鲜痕迹,而在我们来时尚未出现。狗毫无表示。我再次经过那个无法出境的难民的木屋废墟。如果要拒绝自己的时代,是否得不惜一切代价来到森林?人们可以在内心的穹顶下获得安静。

我们可以闭上眼睛:眼皮是隔绝自身与世界的最有效屏障。

扎瓦罗特努的 V.E. 常和我聊起那个曾住在这里的异见分子。在他的描述中,那是个和善的家伙。想到有这个美好的灵魂与此地的粗犷美景相辅相成,我便觉得小木屋也可亲起来。我想象这个可怜的家伙采摘野洋葱佐餐鲑鱼,与鸟儿交谈,把鱼的肚肠留在湖滩上供狐狸取食。在巴黎，只有在我家里，才有些知识分子迷恋坏蛋所在的地方，将罪犯视为英雄。瓦尔拉姆·沙拉莫夫在《论犯罪世界》中揭露了这一错误："……所有作家似乎都为犯罪行为出人意料的浪漫主义诉求出了一份力。这是对坏蛋进行无度的诗化……"罪犯并不是英勇的狼，为他们提供遮蔽的小木屋也并不散发美妙的光晕。

在山脚积累的高度压力使我在这一天余下的时间里昏昏沉沉。枯燥的烦闷时光，在吊床里摇晃而过。

我连读书的力气都没有。当一场暴风雨把我撵回小木屋之前，我正在雪松下打盹。此时，眼前一杯冒着热气的茶，屋外的天空却风雨大作，这一场面使我心中升起一股巨大的安全感。西方的天空熔化了。发明降雨是为了使屋顶遮蔽下的人感到幸福。小狗躲在挡雨板下面。雪茄和伏特加是这些自省时刻的理想伴侣。对于可怜人、独居者来说，只剩下这些了。而那些卫生工作者联盟竟然希望禁止这些福利！为了让我们健健康康地走向死亡吗？

暴风雨过去，空气吹干了森林。我用望远镜辨认出南边沙滩两三百米处有一头站立的熊。它纹丝不动。后来我才明白，那是岩石在夜晚的空气中震颤，我是在海市蜃楼前感到心跳不已。

晚上做了面包。我和面和了很长时间。这是隐遁者的手能获得的最温柔的触感。我们能够理解面团和血肉之间的话语所表述的联系。女面包师是阿芙罗狄忒般的人物，能引发健康、粉红、丰满的色情感。我吃着自己的面包，尽力不再去想女面包师，因为我还得在这个偏僻的巢穴住上两个月。

六月

泪 水

六月一日

我坐在湖滩的木桌旁观看鹅、鸭的飞行表演，如同一个准备举起分数牌的花样滑冰裁判。

亲爱的地理学：我更喜欢令穿着羊毛衫的人们瑟瑟发抖的卵石滩，而不是盖满油腻腻的人体、犹如炸薯条机的沙滩。贝加尔湖的湖滩是一流的。

几天以来堵塞湖湾的冰块堆被暴风雨冲散了。风整夜地虐待无辜的小木屋。

六月二日

禅宗和尚把睡懒觉称为"在睡梦中遗忘"。遗忘一直把我带到正午。

我把蓝色面料的皮艇组装起来。由于缺乏技术细胞，所以拖慢了速度。说明书明确写着，这活儿两小时就能完成。我用了五小时。傍晚时分，我已经滑向水面，真是一场重大胜利。

划了几桨后，我重新获得了被开凌剥夺的一项权利：用目光正面拥抱山峦。它已绿意盈盈。落叶松披上新装。艾卡和贝克站在齐胸的水中，心慌意乱，不知如何才能跟上我，于是尖叫起来。后来，艾卡明白了，我最终仍会回到陆地，它们只需顺着我划船的方向沿岸走动即可。

"和湖岸的距离绝不能超过一百米。"这是叶罗钦的沃罗迪亚在某个星期对我下的命令。湖水冰冷，一旦坠入，便是死亡。没人能敌得过三摄氏度的水，曾有人见过渔民沉入水中，就在仍可辨别声音的地方。不过，儒勒·凡尔纳在《米歇尔·斯托戈夫》中延续了贝加尔湖的传奇："从没有一个俄罗斯人在那里溺亡。"

有水，有风。它们都是不可信任的。从山间诞生的萨玛狂风几分钟内便苏醒过来，掀起三米高的巨浪。小船被冲到开阔的湖面，翻得底朝天。对于人类取走的鱼，湖泊索求的报酬要用人命偿还。死亡是在还债。五年前，沃罗迪亚在一场海难中失去了儿子。我最近才得知此事，于是明白了他的目光为何接连几小时停泊在明净的窗玻璃上。有时我们凝望风景，想的却是曾在那里度过愉快时光的人。对亡者的回忆浸透了空气。

当我回到湖岸时，小狗欢天喜地，流着口水。一列列飞行队伍划破长空，在湖上的倒影又给了人们第二次欣赏这壮观场景的机会。

六月三日

莱内·马利亚·里尔克在一九〇三年二月十七日给年轻诗

人弗兰斯·克萨危尔·卡卜斯的信中写道:"如果你觉得你的日常生活很贫乏,你不要抱怨它;还是怨你自己吧,怨你还不够作一个诗人来呼唤生活的宝藏。"约翰·巴勒斯则在《看待事物的艺术》中说:"我们向世界说话的语气便是它对我们使用的语气。付出最好的,获得最好的。"我们是唯一应该对自己萧索的生命负责的人。世界因我们的乏味而灰暗。生活看似苍白无味?改变生活,来到小木屋。如果森林深处的世界仍死气沉沉,周围的一切令你无法容忍,那么判决如下:你忍受不了你自己!那就接受处罚吧。

我用了一小时在林间空地砍一棵死去的落叶松树干。这棵树仍十分健康,年轮清晰可见。阳光使树的血肉着上一层浅色,让人胃口大开。有些景色是人的眼睛无权获取的。人使一些原本并未打算迎接阳光的地块暴露在日光之下。他打破了禁忌,更改了《圣经》。三岛由纪夫在《金阁寺》中如此描述一个被砍断的树墩:"(它)沐浴着本不该沐浴的风和日光。"砍树,摘花:未来的某一天,我们是否会为这些依照天地秩序而做出的小小放肆行为、对最初乐谱的微微改动付出代价?当一位弟子提议在花园中开凿灌溉水渠时,手持水壶的孔子回答道:"谁知道这将把我们引向何处呢?"木屋生活的优点在于,除了偶尔砍树之外,我们无法对整体安排做多大改变。

我滑上如丝的水面。桨声在寂静中回荡……当我划向开阔的水面时,小狗没再哀叫,此时,它们正朝南边一溜小跑。贝克这个小白斑在山坡的杜鹃花丛中格外显眼。沃罗迪亚说得有理：我只谨慎了一刻钟，然后便在岬角间四处奔袭，现在我正坐在木结构架起的帆布小艇里，距离湖岸已经超过两公里。而且，我在组装小船时还对说明手册自由发挥了一下。我与远远漂离湖岸的浮冰块汇合了。阳光下的冰块叮当碰撞。我在这片冰冷的油彩上一动不动。离船头两米处，一只海豹探出头来，盯着我看。它没有手，也没有脚，眼神里却有老人的神采。这眼神与它的领地同样深邃。我对它说话，它听着，以一种近视患者的专注端详着我，然后潜入水中。

六月四日

每个早晨醒来后都向鸭子致意。它们的数量越来越多，在沿着一百〇五度经线向北迁徙数日之后，猛扑湖面。我们从符号字典里查到，鸭子在日本是爱与忠贞的象征。立在我身畔的雪松在欧洲的隐微论中则代表童贞和纯洁。这次旅居被安放在道德的预兆之下。

我之所以出现在这里，要归功于七八年前那个七月的一天，我发现了贝加尔湖岸。这印象在我体内生根发芽，让我确信必将重返此地。像痴迷于寻求"黄金时代"的格农派隐微论者一样，我们都是流浪的灵魂，使尽一切方法企图重温生命中的那些浓烈时刻。对一些人来说，它蕴藏于童年，对于另一些人，它对应的是路边桥下的第一个吻，还有一些人认为是夏夜蝉鸣声中那无以名状的喜悦感觉。最后，也有些人认为它存在于灵思泉涌的冬夜。对我而言，它就在那里，在面朝湖水的沙堤边上。

三岛由纪夫在《金阁寺》里说："……在生命中赋予我们的行为以意义的是对某一刻的忠诚，以及我们为使这一刻成为永恒而付出的努力……"我们所进行的一切均来源于转瞬即逝、不可触知的灵感。一秒钟的碎片即能缔造生命。佛教徒把这些意识瞥见某物的时刻称为"悟"。这些灵光甫一出现便消逝不见。我们在盲目之中试图将它们找回，希望重新唤起消失的感觉。日子便在这些摸索中流逝。生存变成了一场漂泊。我们手执扑蝶网前行，憧憬着已经逃逸的感觉。为了重新体验"悟"，这尝试千百次地开始，又千百次地溃退，为我们的努力提供了食粮，直至死亡使我们从重温那些幻灭时刻的顽念中获得解脱。

遗憾的是，我们无法两次沐浴在同一片湖水中。悟绝不可能反复。显圣是一次性的现象。玛德莲蛋糕也不能回炉。贝加尔湖的湖岸对我来说已经太过熟悉，无法再使我流出一滴泪。

六月五日

临近傍晚，我的小船向北划去。船舷缚了两根鱼竿。湖湾铺陈着粉红色卵石组成的湖滩。水极其透明，我能瞥见岩石，阳光使它如同泻湖一般明澈。一块冰筏飘过，八只海鸥停在水面晒太阳。我在开阔的湖面上发现变了形的山峦。落叶松葱绿的线条支撑着青铜色的雪松带,最上面的框饰则是墨绿色的矮松。残存的冰晶如同逗号,为它断句。山峰倒立,但倒影比现实更美。水以其深度和神秘感使图景更为丰富。水面的颤动使这景象近乎梦幻。

鸭子在船首笨重地起飞(人们在划桨时可以接近野生动物,而不至于把它们吓跑)。我的船搁浅在沙滩上,旁边一股激流涌来,水沫汇入湖中。一阵疾风骤雨把我赶到一棵雪松树下。小狗与我会合在一处。湖面如同一片煤灰色的法兰绒,一阵针雨倾泻其上。五分钟过后,天又放晴了。在彩虹桥下,浅滩之上,我站在水流中钓鱼。几只鸭子与我擦身而过。一束束日光用金色的光斑装饰了森林。在山、岸、水和动物的角色分配中含有一种完美的分寸感。

鱼好像领命一般,迅猛咬钩。二十分钟内,我已经钓到六条红点鲑鱼。当阳光再也无力在云层中穿出光洞时,我躺在湖滩上,面前点燃了一堆柴火。狗挤在我的身畔,小艇的一半靠在岸上。听着波浪的乐音,看着穿在绿色树枝上烤着的鱼,我想,生命只该如此:成人向他儿时的梦想致敬。我与想拍照的欲望斗争了好一会儿。

和往常一样,太阳选择从布里亚特落山。

六月六日

昨夜,苦于失眠的我手握防熊烟火,出门走到沙滩上。月亏了，但它还会回来。这一点，我们都有把握。与其以弥赛亚做担保，不如拿卫星下赌注。早晨的空气像杜飞的画一样欢乐。波浪的声响侵入了我的生命。浪花歌唱着自由的快乐。

站在堤岸高处望，松树和雪松的树干为光洁平滑的青绿色湖面镶上了框。在湖滨的蔚蓝中长长地漫步。

小艇是一只织布梭，在贝加尔湖的绸面上来回奔袭。

我为了调整有故障的舵划了一会儿船，随后在林间空地支起吊床。一抬头就能瞥见平滑的水面，天上的光线把它当做镜子，查看自己的面色。"看到地上的东西以无比精准的细致度庇护着天空的色彩，我体会到一种奇怪的情感。"（三岛由纪夫，《金阁寺》）我读了西塞罗的几封信。隐士既然无法得知当日的新闻，就得知晓古罗马的大事。《一千零一夜》的棕榈树影和华丽美景中插了一句不和谐的声音："你对我表现得如此慷慨，必然有其原因。"我更青睐《吉尔》中对无动机行为的敬意，关于隐者族群的这一句话："目的越少，生命就越有意义。"

六月七日

我在木桌上写作，狗在热乎乎的沙地上睡觉。一切如此安宁、绷紧、灿烂。

沙滩边上有些银莲花开了。胡蜂和蜜蜂陶醉其间。为什么拥有无穷智慧的上帝不曾预料到，人类会假惺惺地信仰于他，却既没有任何表示，也不提出任何问题？花朵靠膜翅目授粉，上帝既然发明了这种毫无办法解释的机制，却又没有留下任何显示自身存在的有形迹象：这是多大的疏忽啊！

六月八日

狗吠叫起来。我出于条件反射奔出门。远处发动机的声音越来越响。现在是清晨五点。一艘小艇从南面驶来。我从望远镜中认出那是谢尔盖的一艘铝皮小船。十五分钟后，他上了岸，有着悲伤眼睛的尤拉和他一起。我煮了茶，在桌上摆上昨晚的面饼。等他们进门时，我已经安坐下来，一切井然有序。谢尔盖大为惊诧，称之为"读书人的纪律"。这样，我没花什么代价就给法国加了分。小木屋仿佛一个普鲁士哨所般光彩夺目。他不知道的是，要不是因为小狗，我现在还在打呼噜呢。前世的我一定是个酒馆老板。我略感厌烦而又殷勤地招待客人。不速之客总是让人心慌意乱，但又十分快乐。这两人昨晚从波科伊尼基出发，在碎冰岛之间迂回曲折地前往叶罗钦。他们是今年开凌后第一批出航的人。谢尔盖向我数落了护林员的种种阴招和相互之间的恩怨史。由爱默生和埃吕尔所构建，儒勒·库帕和那些怀念群体联系的人所延续的理论批判现代人的冷酷无情，但这理论站不住脚。人并不是因为拥挤在"城市公园"里而变得邪恶，也并非由于商业压力造成的焦虑而变成了好斗的老鼠，更不是因为杂处引发的模拟性对立感"迫使兄弟反目"（库帕在《Tiqqun》杂志①中所说）。在贝加尔湖畔，相距几十公里，生活在壮美的森林之间，人们仍像庸俗的大城市中住在同一楼面的邻居一样互相诋毁。环境换了，"兄弟"的本质仍旧未变。地理的和谐毫无用处。人的本性依然难移。

谢尔盖说了我一生中听过的最好的恭维话："有你在这儿，偷猎者都吓跑了。你大概救了四五只熊。"我们就着这一番好意，趁热打铁喝了一瓶伏特加。孤僻的尤拉既不说话，也不喝酒，只蜷缩在一旁，偶尔吞下一颗洋葱或一块熏鱼。他们又出发去叶罗钦办事了，并且约我晚上在扎瓦罗特努见面，他们将在那儿过夜。

我们喝光了一瓶酒，但二十五公里划船练习能够驱散任何偏头痛。我慢慢地划着桨，在湖湾中游荡，前进的步伐犹如水獭，船首破开了宁静的时光。贝克和艾卡成了水流尽头的一个小黑点和一个小白点。一只鹞在一棵白蜡树顶打量着我，秋沙鸭冷笑着。我在离湖岸两公里的水域穿过岬角。划了六小时桨，扎瓦罗特努到了。谢尔盖、尤拉和几个渔民正待在他们的朋友V.M.的大木屋旁边的篝火前。

湖泊入睡了，野生动物安静下来。我们给火加木柴，大口吞着熏鱼，喝光一瓶瓶酒，直至凌晨三点。我应该很享受瘫倒在温暖的小木屋里的感觉。俄罗斯教会我的一件事情就是在做

---

① 儒勒·库帕创立的一本哲学杂志，意为"重建世界"。

了努力之后，就别再想着搞什么修修补补。在奔袭了数公里精疲力竭之时，你得准备好用一杯杯伏特加使自己崩塌。

一位叫伊戈尔的渔民抗不了伏特加的劲儿，把伏特加提供的乙醇都转化成了抽泣。他倒在我怀里，呼唤着那个永不降临的孩子。我一生都不会忘记在这个海鸥鸣声犹在耳际的夜晚，他那大颗的泪珠。他和妻子曾经找过一个专治生育的萨满女巫医，现在则希望去西藏寺庙居住，那里的菩萨会用法力帮助他们在母腹内种下种子。我想对他说，人类的蚁穴早已满溢、即将崩溃；克劳德·列维—斯特劳斯把堆积在这个太过狭窄的星球上的几十亿人称为"米虫"，我们正在自我毒化；年迈的大师担忧人口压力将压垮地球，因而"禁止自己对未来进行任何预测"，他本人出生时，世界人口仅为目前的六分之一；蒙泰朗让《逝去的皇后》中的国王在发现儿媳怀孕时说了这番话："这还没完没了了！"把婴儿扔进狮穴可能不再是特别明智的做法；悲观主义的一点儿牵绊就能轻易打败成为父亲的渴望——但我不敢用这些话安慰他。

六月九日

我在小艇里放上了《朗塞传》，决心在精神隐修大师的陪伴下在扎瓦罗特努度过愉快的一天。但到了中午，我对让太阳独自赶路感到自责，于是又在灿烂的日光下口干嘴黏地漫步在扎瓦罗特努旧矿的页岩上。一些"自由的人"曾凿开山石，寻找微石英，直到苏联解体。他们在山坡上留下了一条蜿蜒的道路——俄语称之为"蛇行"，这是在十八世纪吸收法语词汇的结果。路上撒满了发动机和挖土机履带的残骸。我衣衫褴褛，披头散发，一身酒气，眼睛发黄。狗也都因为前一天的奔跑而大伤元气，形容憔悴。每隔一段时间，我们仨就都倒在小径上，让太阳光子为我们补充能量。到海拔一千米时，我们抵达了一处断层，它是由一座古老的冰川侧翼形成的。在这座被机器巨齿捅穿的冰斗里，笼罩着一种废弃矿山共有的污浊气息。我一边咳出前一晚的各种污物，一边径直登上两千米处。从高处看到的湖泊背面景致多引人入胜。生活，就是继续延伸，而沿自己的脚印返回也是种失败。我们蹒跚地踏着松软的冰雪走廊回到原处。我们的身体今天不用再爬一千五百米了。只需读着夏多布里昂啜饮红茶，观赏绒鸭的芭蕾舞蹈如何搅拌黑色奶油般的湖水。

晚上十点，被他的六只狗所缠绕的 V.E. 为我准备了浓汤，他的家与其说是枞木屋，不如说像狗窝。地板沾满油渍，炉子上炖着大锅的海豹内脏和驼鹿肉块：全是狗食。这里仿佛是洛泰林吉亚时代库尔兰的一名炼金术士的炼金炉。

"哎，矿山怎么样？"V.E. 问。

"高处很美。"我说道。

"狗呢？"

"它们跟着呢，都是坏蛋。"

"从前，这个村子还有生命，以前有个小饭馆。现在成了一片废墟。"

"同志，你还怀念苏联。"

"不对，怀旧的人悼念的只是自己的青春。"

六月十日

V.E. 为我的早饭准备了焖海豹肉。这种肉简直有核弹的威力，它在嘴里爆炸，把力量灌充到身体的血管里去。

"同志，给我一点海豹肉，给我一辆坦克，波兰就交给我吧！"我说道。

"这可不是俄罗斯谚语。"

"是也无妨。"

"那倒是。"

这时，我的朋友正用兰开夏式摔跤运动员的巧劲儿喂他的十只狗。他得端着饲料桶钻进这一群狂吠的野兽之中，把每一份食物甩进食盆，同时还得击退冲上来的狗。我的小狗在敌意的包围中防卫得不错。不争斗，就吃不着。

归途中，我庆幸海豹肉把它的力量赋予了我。逆风和激浪使我经过七小时的努力才划完湖上的二十五公里。小狗不时在圆石上小睡一会儿，等待着我。我的肌肉如同殉难一般。脱水应该是部分因素。俄罗斯迫使酒鬼像运动员一样生活。湖岸缓缓后退。有些海豹冒出头来。

我靠了岸，在温热的石滩上睡了一小时，与狗一块儿躺在火堆旁。火的热量从巢穴中走了出来。

五点钟,我走到岸边,此时一条拖网渔船靠了岸,钢质船头停在石滩上。船长问我,船上的两名荷兰乘客能否下船一会儿。

厄文在萨哈林岛为一家石油公司工作。他的妻子讲一口完美的法语。两个孩子红扑扑的,比我的狗伶俐。小木屋在他们看来应该犹如一场梦:白雪公主的度假地被七个小矮人中的一个占据了。我们站在沙滩上,以非常文明的仪态喝了一杯茶。他们待了十五分钟,拍了一张照片,当人们眼前没有六个月的时间时,总是这么干。厄文站在舷门向我喊:

"我有一份《先驱论坛报》,你要吗?"

"要。"我说道。

"是上星期的。"

"无所谓。"

他把报纸扔给我。我对自己说,让巴达维亚搬运工乘着俄国渔船穿过泰加森林送来《先驱论坛报》,这三十八年活得值。

新闻包括:一些阿富汗小女孩被亲人奸污后又被母亲抛弃;一些妇女被毛拉施以鞭刑(附照片);伊拉克什叶派信徒炸死了一些逊尼派信徒和几个自己人,因为他们的自制炸弹不够精密(附照片);土耳其召回了一些驻以色列外交官(分析);伊朗核专家神气活现,因为核计划大有进展。读到第四版时,我告诉自己,应该在这里再待几个月。《先驱论坛报》的纸张非常适宜包裹西伯利亚的鱼。

六月十一日

朗塞是温带地区的圣安东尼。一个在既没有沙丘也没有蝎子的地方沉醉于上帝的人。十七世纪：一个荣誉和财富等身的人决定逝于尘世。三十七岁时，他驶向荒野，"既不带记忆，也不觉愤恨"。夏多布里昂描绘的朗塞形象异常可怖。他毫无征兆地走出荫庇，否认原先的生命，开始补赎。他逐字逐句地履行福音教义，偿还了亏欠穷人的债，随后在佩尔什地区的丘陵创建了严规熙笃会，这个笃行苦修教规的修会团体是"基督教的斯巴达"。隐修期间，他在祈祷、写作与冥想中轮替，对自己的病躯施以苦修。他会经历三十七年的孤寂时光，因痛苦而动弹不得，幽居在石壁的"荒芜"之中。三十七年的狂欢交换三十七年的孤独：一个借，一个还。朗塞以会计员般的怪癖偿清了向魔鬼负的债。他将从"（自己）最初的弱点中汲取最后的力量"。在一封写给图尔奈主教的信中，他对一切进行了总结："人活着是为了死去。"他的逃避既使我着迷，同样也让我敬而远之。他的激进令我惊叹，但他的多变让我扫兴。这位修士的忧虑中包含了一种孩童般的狂热，好像在向天空高喊："我要绝对的存在！马上就要！"急躁中蕴含了绝美的生命冲动，但它的火焰是病态的，吞噬一切不归属于对彼世希冀的事物。"支配着他的是对生命的炽热仇恨。"夏多布里昂在卷三中如是写道。

这种否定大地之本的观念中隐含的"基督教虚无主义"正是尼采在《敌基督》中所唾弃的。

在泰加森林中，我更愿意收获兴奋的瞬间，而非自我陶醉在绝对存在之中。杜鹃的香气比乳香更能取悦于我。我更愿拜倒在开放的蓓蕾前，而不是寂静的天空下。至于其他——简朴、严峻、遗忘、从容和对安逸的冷漠——我均表示仰慕，愿意仿效。

六月十二日

今晨大雾，世界好像被撤销了。这是水神出没的天气。等棉纱散去，我便出发前往雪松北岬的河畔钓鱼。钓鱼：我们钓了一条鱼，但失去了时间。我们是赢家吗？

我任由鱼饵在水流中飘荡，但让它们保持在距离湖底一点五米的两股水流交汇处。鱼挤在那里采撷河水溢流口的食物。浮子沉下时，我感到一股兴奋：晚餐有了。杀鱼时，红点鲑鱼的皮肤泛过一缕震颤：生命以放电的形式退场了。鱼皮褪去光泽。生命就是使我们焕发色彩的东西。

六月十三日

《朗塞传》中引用了提布卢斯的哀歌："躺在床上听风呼啸是多么的惬意。"风狂啸了整夜，我也做了一回提布卢斯。

六月十四日

碎浪洗刷了岩石。我小心翼翼地向前迈步，以免滑倒。小狗害怕波浪，后者的利齿能咬碎陆地。岬角的顶端在泡沫中消失了。风在阴沉的森林中大肆冲撞。泰加森林摇摇欲坠。偶尔有只海鸥击破天幕。卵石上涌出百万只蝇虫，覆盖了成片湖滩。狗用舌头舔舐、吞食着。这些蝇虫提供的蛋白质得来不费吹灰之力，因而被野兽所觊觎，生命仅能延续一周。沙滩上星星点点地布着跖行性动物的足迹。熊下山参加盛宴来了。

小狗无法穿越列德那亚河。艾卡跳上一块水中的岩石，等着我涉过急流浅滩接应它。贝克死命地哼叫，确信我们已经密谋要抛弃它自己。我再次穿过流水，把它驮在肩头越过河水。为了通过河流北部的坡折地带，我爬上夹杂着坍塌物的山坡。悬崖用它的方式对你耳语："来吧，我的小宝贝，来这儿。"暴烈的风则给了我翅膀。

我来到了向往已久的那条河：列德那亚河北面三公里一股像瀑布般倾泻的洪流。这个地方鱼群聚集，但得花三小时才能到达。小狗东张西望了一会儿，就在杜鹃的遮蔽下入睡了。我很钦佩它们在任何暂息时间都能沉睡的才能。我的新座右铭是：一切都模仿小狗！仿生学指的就是从生物圈汲取发明灵感，应用于技术。应该建立一个动物仿生学校，这样就能从动物的行为中获得启发，指引我们的活动。在行动时，我们不再向英雄们寻求建议——马克·奥勒留、兰斯洛特、杰罗尼莫会怎么做——而是自问:"现在,我的狗会怎么办?如果是匹马呢?老虎呢?甚至还有牡蛎呢(沉着的典范)?"动物图集将成为我们的行为守则。动物生态学将晋级为道德学说。突然,一条红点鲑鱼从湖底拉住了我的软木浮子,打断了我的美梦。今晚,我带着四条鱼回到小木屋,狼吞虎咽地把它们全部吃光,因为野兽就是这么干的。

六月十五日

岩石上的蝇虫。它们像丝绸一样从树干、峭壁上淌落下来,如同神圣的吗哪。六月的野兽需要全部精力进行繁殖,从而给生命周期构成了一个问题。怎样才能使五月的苏醒和七月的繁茂无缝衔接?大自然为此预备了蝇虫。这些可怜的昆虫被作为饲料而供应。它们的命运便是在食粮匮乏的几周内提供能量。两周后,任务一旦完成,它们就将消失。它们将经历的短暂一生献祭给了生物圈的共同利益,但也未曾忘记品味生活。只要有一缕日光,它们便骚动起来,轻轻地摆动震颤,进行交配。近乎于快乐而颤栗的忙乱行为是致命的。我如此地喜爱这些蝇虫,在石滩行走时也扭动脚踝,试图避开它们。

六月十六日

天崩地裂。在我为了紧急情况保留,但还从未用过的卫星电话上，五行字耀目闪烁，比烙铁更令人痛楚。我所爱的女人通知我分手。她不愿再被男人当做随水飘零的麦秸，不愿再做一样毫无价值的东西。我因我的逃避、我的退缩和这座小木屋而犯下了罪孽。

曾几何时，当她在一段时间后回到我身边时，我出发来到贝加尔湖畔做一次报道。现在她离开我，而我面对着同一片湖岸。我在沙滩游荡了三小时。我任凭幸福飞走了。生活应该仅存于此：不断称颂所有的善行，为一切微小的恩典而感谢命运。所谓幸福，就是知道自己是幸福的。

晚上五点，悲伤如潮涌来。它有时让我暂时喘息一会儿。我喂了狗，甚至还钓了鱼。但痛苦仍不断来袭，它已经拥有了自己的生命：它是我身体血管内融入的铅。

我梦想着与狗、妻子和孩子在郊区共享一座小房子，由冷杉树篱守卫。资产阶级人士虽然气量狭小，但他们懂得关键一点：必须把拥有任何点滴幸福的可能性赋予自己。

我被判待在这个挤满了傻瓜鸭子的禁闭室里，面对我的悲伤。

我得集中力量，才能抵达下一个小时。我让自己沉浸在一本书中。一旦停止阅读，那五行信息便在我脑中尖叫。

我合上书，在小狗身上埋头痛哭起来。我此前并不知道，野生动物的皮毛竟能如此完美的吸收眼泪。在人的皮肤上，它只会滚动。往常，小狗在这个钟点总是跳来跳去。今晚，它们略低着头，在我这股可怜的小洪流下安静地待着。我只有一把磷光烟火枪把脑浆打出来，但就连这结果也不能保证。一只海豹探出水面，恰好面对着湖滩……我对自己说，那就是她，她来对我微笑了。我必须和她说最后一番话。在生活中，我们总是迟到。时间从不给予第二次机会。生命只能经历一次，而逃进森林的我则把它留在了身后。

我看书看到精疲力竭。因为一旦转移视线，悲伤就会使我窒息，迫使我起身。夜里，我感觉听到了船只的声音，但那是我的眼睛在嗡嗡作响。

六月十七日

我被锁在自己一手建造的伊甸园里。天空蔚蓝却黑沉沉的。奇怪的是，天气竟能这样收回它的友谊。昨天它还如丝般润滑，现在的每一秒钟则犹如针扎。

三十八岁，在这儿，趴在沙滩上问一只狗，女人为什么会离开。

如果没有艾卡和贝克，我已经死了。我从下午四点半砍柴到六点半，直到无法拿稳斧头为止。"只有最单纯的心才能由于别人而成为杀手"，吉姆·哈里森在《达尔瓦》中这样写道。狂潮再次袭来。出于对阅读的尊重，我忍住了泪水。在电影里，狼会在火炬的火焰前退却。

我凿沉了自己的生命之船，但直到水漫至舷缘才明白过来。问题在于：现在是七点，怎样才能熬到八点？晚景十分美妙，云朵如同花卉纹织品，像老妇人帘幔上的天鹅绒流苏一样略显可笑。鱼儿游上水面呼吸，它们吻着水波，形成的波纹圈圈扩散，随后隐去。

我一整天都在小黑皮笔记本上乱涂乱画。随便乱写，以避免痛苦。笔记本是些溢满回忆、轶闻和思想的人物。我读了《斯多葛派》：从他们的做法里能找到使自己冷酷的方法，这是获得抚慰的第一步。我想把我的悲伤像擤鼻涕一样扔在这片对苦难一无所知的森林里。处处充满生机：鸭子，海豹，透过望远镜看到在我喜欢休憩的那座山丘下有一头熊。在夜晚的这个时刻，大家纷纷返家，向这生命的最新一天道出最后一声感谢。

我的身体因痛苦而紧缩。悲伤带来的高压能否引发心脏浮肿？

唯一带来希望的愿景是贝特朗·德·米奥利斯和奥利维耶·德沃预备明日来访。这两位画家朋友正在俄罗斯旅行，并且承诺来探望我。谢尔盖会开船送他们前来。时间表阴差阳错，把他们引来此地时，我正像湖岸上一摊压扁的沥青。

我会对他们隐瞒一切，藏起我的眼泪，利用他们的来访维持我的生命。

六月十八日

顶住。为此，我得从小狗们无限的坚强中汲取力量。大自然从这个新的夏季获得了利益，欢天喜地。六点，引擎声把我从迟钝中惊起。南面有个黑点出现：我的拯救者来了。我像迎接上帝赐福一般迎接米奥利斯和德沃，他们将帮助我从死神舞中解脱出来。谢尔盖没喝完一杯酒就踏上了返程，因为湖上又升起了长浪。我让两位画家坐在面朝湖水的木桌旁，从他们的包里取出从伊尔库茨克带来的食品。葡萄酒、啤酒、伏特加，还有干奶酪。我们喝到醉得站不稳为止。酒精在我们的血管里肆虐，至少把悲伤一扫而空了。

六月十九日

幸福持续了一秒钟。黎明时分醒来时，在我找回意识、心脏一紧之前，曾有过怡人的一瞬间。

自从六月十六日末日降临以来，我读了莎士比亚的两部喜剧、爱比克泰德的《手册》，以及马可·奥勒留的《沉思录》，吉奥瓦尼的《冒险者》，还有蔡斯的一部侦探小说《夏娃》。作者描绘了一个醒醒的男人，他的个性使一切变得干涸荒芜，使自己身边成为一片沙漠。这个家伙，就是我。心碎裂成片后，我的手受着神秘运动的指引，在光芒照耀处寻找需要阅读的书。马可·奥勒留帮助了我。吉奥瓦尼向我展示我本该成为的形象，蔡斯则指出了我真实的样子。书籍比心理分析更能助人。它们说出一切，比生活展示得更好。在小木屋里，它们与孤独混合在一起，调制出一杯能完美抑制神经活动的鸡尾酒。

伏特加的刨子刨得我们口干舌黏。米奥利斯和德沃在中午醒了过来。昨晚他俩睡在小木屋的地板上。为使毒液渗出，我们步行前往列德那亚河，在俯视右岸峭壁、杂草丛生的山肩共进午餐。小狗追着鸭子跑来跑去。多么欢乐！

沙滩上支起两只画架，身着白衫的画家站在画架前以谨小慎微的笔触作画，狗躺在他们脚边，在西伯利亚淡紫色的暮光中，构成了一幅经典的温馨场景。我不知疲倦地望着米奥利斯和德沃。他们在西伯利亚旅行了一个月，同时按照他们的说法，进行"室外写生"，这是圣俄罗斯那些行走四方的画家最纯粹的传统。我写下这几句话时，他们的画也正在收尾。小木屋有了艺术工坊的气息。它是俄国庄稼汉的美第奇宫。

六月二十日

晨曦之中，我坐在写字台前，充当了一回模特。两位云游画家已经在小木屋里支起了画架。米奥利斯有一张德国行吟诗人的脸，德沃则像个俄罗斯牧人。米奥利斯技艺精湛，专注而亲切，下笔总能恰到好处。德沃更变化多端，有时把画布搞砸，但不时出现狂野奔放的神来之笔。这个早晨，他们画了一个心碎的男人。隐藏自己的感觉是件容易的事。俄国大臣曾在乡村仓促建起"波将金村"，匆匆粉刷、修复一新的外表隐藏了简陋的村舍。视察领土的沙皇只看到了粉饰华丽的纸板，便心满意足地回宫了。

米奥利斯的快乐和德沃的温柔排解了我的痛苦。若非如此，悲伤的蟹钳会把我吞噬。

这一天中，他们画了小木屋、小狗、沙滩。胆敢把此地的美景绘进图画，如同把它纳入十字箴言一样，需要胆量。

六月二十一日

今天早晨，一艘大船从开阔的湖面经过。十分钟后，它扩散到湖滩的航迹余波才渐渐消逝。在我看来，这水波是世界对我的处女地的恼人入侵。

画家们的这一天在捕捉野鹅闪现天空的瞬间中度过。他们站在画架前，好像面对着一扇窗，但窗中的景色等待着他们来创造。

我和小狗登上崩塌形成的小丘，在那儿用了午餐。它们在高山上凝望湖海，若有所思地流着涎水。五天前，这些小家伙向我伸出爪子，拯救了这个即将溺亡的人。

晚上钓鱼。德沃捉到了三个人和两条狗的晚餐。他的身影在岬角那棵弯向水面的大榕树下分外清晰。山坡上的日光挂在峭壁的山嘴，迟迟不愿退下。钓线尽头银光一闪：湖水松开了它的果实。写作、绘画、钓鱼，这是拜会时间的三种方式。

六月二十二日

花粉飘落到湖面上，给湖滨缘上了明黄色的边。死去的蝴蝶在湖面上漂流。海豹不时探出头来凝望湖畔。它们要检查世界上的一切是否已经就位，确认深渊是自己正确的选择。

万籁俱寂，万籁俱寂，偶尔有只蝴蝶。

"寂静是神圣孤独的祭服"（《朗塞传》）。

米奥利斯和德沃的画连接起来，是献给此地精灵的祭品。比起照片，油画享有无限的优越性。照片在时间的洪流中穿透精确的一点，把它分尸，印在光洁平滑的相纸上。原住民把摄影照片上的图像视为偷窃，并非完全错误。油画对某个瞬间进行了历史性解读，后者将在观众的眼皮下长存，并不打断时间的流逝：它的制作过程本身也是流动的，属于构建过程中的长段间隔。

六月二十三日

即将破晓时，我们出发沿湖岸开始了六小时的跑步。

米奥利斯和德沃准备回到伊尔库茨克，并且已经与船家约好，今天上午在距离小木屋二十五公里的扎瓦罗特努开船。我们看起来像三个把工作室的全部家当一股脑儿扔进褡裢、沿着维斯瓦河逃跑的犹太画家。肩上的大包把我们累垮了，里面装了二十五公斤水粉画颜料管、乳胶、俄罗斯绘画百科全书，顶上绑着画架。在雪松中岬，我们向隐者的幽灵致意。我们在毗邻小木屋废墟的水塘边发现了一头熊的尸体。雪松南岬的一棵大桦树旁，一座蚁巢如同小溪一般流淌着生机：上百万甲胄齐心协力构建一座身躯。黑雁飞速冲向北方，脖子伸长得几乎要断裂。我花了一点时间寻找 V.E. 提到的地质学家曾走过的小道。

它在湖面上方一百五十米高处蜿蜒，但排水沟已被轮伐保留的幼树侵占，比起湖滩的卵石，它们对行走造成的阻碍更大。

在扎瓦罗特努，米奥利斯和德沃跳上船。抵达码头前一小时，我们已经听见柴油机加热的声音。只勉强留给我们握手的时间。我喜欢这些离别的时刻，它们和坠落有些相似。

晚上，谢尔盖、有着忧伤眼睛的尤拉和断指萨沙乘船来到扎瓦罗特努。我们准备了一餐盛宴，包括熏鱼、江鳕鱼肝、鱼子酱配野洋葱，还有烤鹿肉。萨沙给我们斟上自制的劣等烈酒。俄罗斯人大口喝酒、大块抓肉的作风中有一种逃离一切商业链的自豪感。他们只从森林的资源中获取必需品。这种穿透树林获取所需品的生活是幸福的保障。这些人在事物秩序的实践中我行我素，但仍与父辈的传统紧密相连。他们站在自由思想家的对立面，后者虽然挣脱了与上帝或君主的联系，但仍依赖城市和机构获得食物、交通工具，以及暖气。谁更有道理？是把灵魂交还天空、自给自足、从不涉足商店的庄稼汉？抑或突破了精神的紧身胸衣，但仍被迫吸吮制度的母乳、屈膝于社会生活强制指令的现代无神论者？到底应该杀死上帝、但屈服于立法者，还是在森林中自由生活、继续敬畏神灵？实用性、物质性的自治所取得的胜利似乎并不比精神智力的自治少一分高贵。"人们忘记了人受奴役的危险在细微的小事上尤其严重。至于我……那就只有认为大事之需要自由不如小事之需要自由"，托克维尔在《论美国的民主》中"民主国家害怕哪种专制"一章里如是写道。今晚，在与泰加森林的猎人举杯痛饮时，我选择了自己的阵营。支持神灵、君王和野兽，反对刑法！

突然，谢尔盖的声音响起："我们送你回去！"于是大家便开始了俄罗斯人擅长的一项活动：干杯，急速收起营帐，把包裹扔上小船，开足马力随便去哪里。随便往哪个方向去，只要有风吹，只要有人蹒跚而行，只要醉意带走一切，只要希望在路的尽头有新鲜的发现。

没有比一艘在迷雾的湖上破浪而行的铝皮小船更适于冥想的地方了。有时，峭壁的剪影撕破浓雾的帘幔。湖岸的土地显现出来，又蒙上面纱。我痛恨示威游行，但美的示威除外。这次航行类似于思想的过程：精神在棉絮中缓慢前行，突然，一丝云隙闪现，让人一窥豹斑。至此，我们仍在无定形的天地中飘行，一线青天使阴影得以凸现。

谢尔盖熄了火，我们在湿润的寂静中喝了一杯酒。大家已经灌了几小时的酒精，几近醉死。我躺卧在水桶和渔网上，吸着烟蒂，乘着一艘雾中航行的船，有一个醉醺醺的船长驾驶，我感觉心放宽了。失去了女人之后，我已经再无可失。厄运松开了它的缆绳。幸福是对平静的羁绊。幸福，我曾担心它永远不再回来。

六月二十四日

天空为仲夏节献上了无与伦比的美景。焚风吹来的云朵整天盘绕在山脊之上，为山尖戴上帽子，好像一只温柔的手为掩盖不知羞耻的发情野兽而遮蔽了森林。

我躺在吊床上研究云彩的形状。沉思是狡猾的人为懒惰而起的名字,以便在那些监督"人人在活跃社会中找到自己的位置"的严峻的人面前为自己辩解。

六月二十五日

又是凝望天空的一天。阳光的尘埃中弥漫着昆虫组成的云雾。随后,一轮橙黄色的圆月在夜色的墨流中逆流而上,在云彩的摇篮中产下了它唯一一个怪物般的卵。更简单地说,它既圆满,又带着血色。

六月二十六日

溺亡的蝴蝶组成了惊心动魄的景象。成百上千的昆虫漂浮在湖面上,其中一些仍在勉力挣扎。我把小艇变成了救援巡逻船,轻轻地救起一只只蝴蝶,这些可怜的空中花朵坠落在光荣的战场上。很快,三十只蝴蝶如同柔软的星星点缀着我蓝色的小艇。我则是这艘救助膜翅目的方舟的驾驶员。

六月二十七日

风从背后推着我来到叶罗钦。天色转暗,暴风雨即将来临,夺走了太阳的一切希望。叶罗钦恢复了它阴沉站点的样子。我和保护区监察员米哈伊尔·伊波里托夫有约。他承诺带我去山脊那边距离一天行程的一座小木屋进行巡视。中午，被二十五公斤重的包裹（沉重的伏特加和罐头）压垮的我顶着大风，费力地跟着在泰加森林里疾走的伊波里托夫。我们爬上叶罗钦岬角上方林木繁茂的山坡。伊波里托夫像离弦的炮弹一样出发，一会儿又放慢速度，再短暂停歇几次，站起身来，最后已经出现在我前方两百米处。在海拔一千三百米的山坳下面，当狂风卷来大雨时，我的朋友需要来一杯茶。这一幕变得充满俄罗斯风情：暴风之中，我们躺在松树枝叶下，等待板岩间的一小堆火煮沸我们的半升水。

　　山脊处两座开口的凹谷斜坡上铺满了石墨，通往一片沼泽高地。狂风仍在加强，我们躲在凸出的岩石后面，避过一阵骤雨，然后踏着地衣步行数公里，地衣软绵绵的，能激起快感，难怪有人会梦想成为植食动物。山鹬在我们脚下咯咯作响。持续数个世纪的风使矮松间形成了羊肠小道。松萝的细丝在树上流淌。在沼泽里，重力原则对植物的影响超过了冲向天空的动力。在我们攀爬的山谷里，一棵千年雪松迎风招展。它曾经历蒙古游牧部落的时代。我们穿过了枞树林、清澈的溪流、蚊虫侵扰的山肩、令靴子深陷其中的泥潭。在北纬五十四度三十六点一零六分、东经一百零八度三十四点四九一分，我们抵达了伊波里托夫的小木屋。这幢房子两年前建成，正好位于自然保护区的边界线上。这是一座三米乘三米的避风港，建在一座山谷的斜坡上，一条小河蜿蜒流过。一座被针叶林覆盖的圆锥形山峰遮蔽了天际。大黄、野洋葱、熊葱长得繁密茂盛。蚊虫组成的云团担任了警哨。我们正身处我所钟爱的场所之一：在一个幽闭之处，夜色好似动了恻隐之心，比其他地方更加温柔。

米哈伊尔殷勤接待了我：蛋黄酱野草沙拉、胡椒伏特加，还有猪油汤。我从包里取出一瓶三升装的啤酒，它还没来得及扑哧一声冒出来，就被我们喝光了。

六月二十八日

我们攀爬的山谷被植被所拥塞。我们蹒跚前行：好像两个从酒吧回来后决定去爬山的醉汉。每一步都是从崩塌的石块、纠结的树根或泥坑中拔出来的。河流若无其事地流过，在取道勒拿河，最终汇入北冰洋的过程中，它还有很长的路要走。到了海拔一千两百米，森林将遮蔽岩石的责任交给了矮松。我们忠实地遵照绝不错过饮茶时间——无论战争或逃难都不行——的俄罗斯传统风俗，用一小时点燃了几根浸透水的细枝。于是，我们躺在雨中的水洼里，啜饮着温热的茶，愉快地交谈起来。

"你的书被翻译了？"

"有些是的。"

"翻成什么语言？"

"芬兰语，意大利语，德语。"

"俄语呢？"

"没有。"

"这很正常，我们还是原始人。"

杜鹃花拦住了去路。我们得闯过花丛才能通过。山坳被一小片沼泽所占据。雨势越发猛了。伊波里托夫建议我返回，但我不愿再次陷入海草般的森林，使这一天余下的时间都好像披着潮湿的睡袋奔走。我们爬上"本地苔原"覆盖的斜坡高地。这里的地衣比莫斯科新贵家里的地毯还要轻软。四只野生驯鹿在一片冰原附近吃草。我们试着像科曼切人一样迂回接近。离这些野生动物还有一百米时，隐蔽在一棵杜鹃后的我们发现自己并不孤单。一头棕熊正在接近。它发现了我们，呆住了。和一头正处于进食时间的熊进行竞争的意象让人感觉不太舒服。我拔去磷光烟火的销钉，伊波里托夫装上口径为七点六二毫米的子弹。枪闩的喀嗒声吓跑了原本愉快的驯鹿。熊一定在诅咒我们，但也不敢有任何动作，感觉好似一座基座被吃掉的雕塑。它直挺挺地立着。我们得等几秒钟，才能知道它要选择冲锋或是掉头后转。这一天，我们不必开枪。我们长久地盯着灌木丛上方那簇漂亮毛皮逃跑时柔和的起伏。

走了两小时，我们才回到昨天下山时沿着的那条支流。伊波里托夫有个计划。一年前他把一个生铁炉子搬到这儿，现在希望我把它带到小木屋去。于是，我便尽到义务，扛着三十公斤的炉子进行了两小时竞技表演。炉子靠里侧的两个角在我的背上划出道道血痕，外侧的两个角则和树枝磕磕碰碰，使每一步都有小股冷水浇灌下来，令人精神振奋。我看起来一定很像喜马拉雅山的脚夫，在尼泊尔的丛林中运输着最不合时宜的物品：皮箱、桃花心木留声机、官员洗澡用的浴缸……

六月二十九日

如果有朝一日把我送上太空舱，我也会明白在银河的陪伴下躺在床架上过一整天意味着什么。我带来了克尔凯郭尔的《论绝望》，但我不建议任何人在雨天把自己关在小木屋里阅读这本书。伊波里托夫的小收音机喀拉喀拉地不停播报着一九四一年至一九四五年战争的信息，放着流行歌曲。雨在下。天空如此缺乏想象力，实在令人懊丧。

"米哈伊尔。"

"什么？"

"我们在躲避下雨天这方面的运气不太好。"

"这样蚊子会少些。"

"哦，是啊。"

伊波里托夫把书忘在叶罗钦了。他以惊恐的神色望着天花板，好像那里会有神奇的图案活动起来似的。下午四点，我们突然有了干劲，用新炉子换下旧火炉，然后在它散发的热气之中，干了三小杯伏特加：按照传统，必须为"第一股热气"庆祝一番。六点钟，大雨变成了蒙蒙细雨，我们出发去爬山谷东侧的那些金字塔形山丘。刚一迈步，雨水再次降临。地衣的帘幔成了流动的纱雾，苔藓吞没了我们的靴子，蚊虫无处可飞。我们用一小时爬了三百米高差，三百年树龄的雪松是峰顶的冠冕。这些树犹如一片废墟。在一座曾经的熊穴旁，野兰紫红色的钟形花朵为这片天地点缀了一丝欢欣。

晚上，我被一只钻进睡袋的小老鼠闹醒了，它不像蜘蛛那么骇人，但也不如基洛夫的女舞者那样令人愉快。

六月三十日

如果走在伊尔库茨克的大街上，人们会把伊波里托夫当成一个头发斑白、生活规律的一家之主。他每年独自在森林里度过几个月时间，拜访他那六座沿着一条一百一十公里线路分布的小木屋，与一些俄罗斯人坚信的生活方式重新建立联系——城里的生活只应成为林中生命的一段插曲。

我们踏上归途。雨一直在下。冻僵的灌木似乎正梦想着泰国。我缩在风帽里，想起了在普罗旺斯芬芳的石灰岩山区登山的时光。雨中漫步是一座记忆工厂。

热带丛林炎热潮湿，有利于生命蓬勃生长。泰加森林里生长的生命无法获得这些生物孵化的有利条件。热带丛林从不间歇地产出，泰加森林则有所保留。这里的植物生长缓慢，但腐朽的速度也不像在低纬度地带那样能快速清除森林内景。一棵西伯利亚雪松历经数年才会腐败。在这两种条件下，虽然均有大量植被拥塞土壤,但那边是由于茂盛繁富,这里却源自生物平衡。寒冷的丛林是一座植物博物馆,热带丛林则是一座叶绿素实验室。

我在叶罗钦与小狗们重逢,与沃罗迪亚、伊莲娜和伊波里托夫共进午餐,菜单是面饼和鲑鱼子。鱼子酱怎么吃都不够。但伏特加喝得太多了。

然后,我以船桨做匙,大力搅动着贝加尔湖这杯咖啡,逃回家去。

七月

平　和

七月一日

钓鱼的一天。以鱼为食的人把湖泊作为食物之源,在心理生理学上也产生嬗变。他的细胞以磷作为食物,他的性格浸透了鱼的浓汁。他在血性的力量上所失去的,在温和、沉默、灵巧、机敏和克制方面赢了回来。

我捉到八条红点鲑鱼。鱼儿眼神惊恐,仿佛见到禁物一般。

艾卡和贝克偷走了我的三条猎物。我甚至无力指责它们。如果让我抚养孩子,他们最终一定会成为淘气包。

七月二日

空中充斥着蚊虫。从第一缕微光渐显时起,嗡嗡声便从空气里升起,直到夜晚才逐渐消散。金龟子在小木屋的梁柱上攀爬,天牛占领了我的搁架。有着梦魇般眼睛的牛虻逗弄着小狗。如果这些昆虫像在石炭纪那样重五六公斤,人类或许也不会这样自以为是了。

七月三日

春天，从水中释放出来。

瀑布获得了解脱。

水流从覆盖在五十米高的峭壁上狭窄的水道倾泻而下，水幕的白丝遮掩了页岩。我在一直通往峭壁顶峰的狭窄斜面台阶上进行了杂技表演，来到瀑布顶上。眼前的景象令人目眩，晶莹的水流直冲虚空。瀑布是否因为绝望才从高山一跃而下？

晚上，小狗打起架来。它们的下颌咯咯作响，如同兵刃相交。这片灰白的沙滩。还有比这更美的场地来观看武士争斗、在漫步中搜寻某个词汇、诵读诗歌的吗？我生活在森林边缘，面朝沧海，立于地质垂崖的锋刃，它的根深扎在地底一千五百米，顶部则触及两千米高的天空。小木屋就位于空间的交叉点上。

七月四日

何为奢侈？是每天在我面前铺陈开来的二十四小时，只馈赠给我一个人的欲望。时光是立在阳光中高大白皙的少女，只等着为我效劳。如果我愿在床上待两天读一本小说，谁会来阻止？如果我心血来潮在傍晚时分走进森林，谁会来劝阻？森林隐士拥有两个爱人，时间和空间。前者，他可以随意填充，对于后者，他的了解与众不同。

何为生活？这个词所指的对象便是这束重压着我们船舵的

外来水流，阻止我们驶向心灵向往之处。

我在滚烫的阳光下（二十二摄氏度！）躺在吊床上。当我在湖滩上写作时，小狗便慢慢地跑过来躺在我脚边。这仿佛是爱尔兰庄园里读书小姐膝畔的西班牙猎犬在贝加尔湖的版本。

雾霭拖着湿漉漉的尾痕，在湖面上招摇。

七月五日

昆虫以地震仪的敏感度响应着任何一点点升温迹象。气温刚达到三摄氏度，已有数百万蝇虫孵化而出，以狂舞搅动着气流。天牛在交尾，触角相擦，这些昆虫做爱时如同雕塑一般静止。我不会介意一位年青的斯洛文尼亚女昆虫学家前来研究这一现象。野鸭则令人联想到资产阶级家庭的稳定感。它们成双成对地盛装滑过，微微颔首向其他夫妇致意。

从林间空地到湖边，我每日行走于上的这个世界藏有珍宝。草下，沙底，有军队隐藏。他们的士兵都是珠宝。穿着上釉的铠甲、黄金外壳、孔雀石工作服，或是条纹制服。在雪松北岬，我游走在珍宝、钻石、玉石浮雕之上，却从未察觉。其中一些出自一位青年风格珠宝师的想象力，他定是受到了浮士德式的炼金术士的诱惑，为出炉的胸针和珐琅献上了生命。

把这些昆虫挂在心间，能带来快乐。热衷于极度微小的事物能让人做好准备，迎接无限平庸的生命。对于昆虫爱好者来说，一片水洼便是坦噶尼喀湖，一堆沙砾像塔克拉玛干沙漠一样广阔，一丛荆棘将化身为马托格罗索州。置身于昆虫的地理，那才是最终的一草一世界。

七月六日

湖面风平浪静时，倒影如此明晰，简直会把风景的位置与颠倒的图景相混淆。清澈的空气把划桨的回声传至森林。倒影是图景的回声，回声则为声音的图景。

我钓上一条三公斤的红点鲑鱼。我在火堆旁读起了巴什拉。一层亚洲式的雾霭涌上湖岸，"像模糊一样美好，如梦一般游走，似爱一般短暂"（《火的精神分析》）。

七月七日

失眠。悔恨与失望在我的骨架内跳起了巫师的狂舞。清晨四点三十分，阳光重回大地，光亮驱散了蝙蝠，我终于入睡。

是疲惫了吗？中午起床时，我漂浮在一种轻柔的迟钝感之中。幸福的前景是：这一天不会给我带来任何新鲜事。没人出现在天边，没有要完成的任务，没有得满足的需求，没有要打的招呼，但偶尔得向六点三十分的海豹和一列绒鸭行晚祷时的屈膝礼。

小木屋是"侧步闪避"的地带，是虚空的避风港，没人逼迫你对任何事物做出反应。从必须回答问题的义务中解脱出来的这些日子该如何衡量呢？现在，我领会到了谈话的攻击本性。对话者以对你感兴趣为借口，击碎寂静的光晕，插进时间的边缘，勒令你回应他所提的要求。一切对话都是斗争。

尼采在《瞧！这个人》中写道："一个人必须尽可能避开偶然事件和外来刺激；自我壁垒一类属于精神孕育的第一智慧的本能。我能允许外来的思想悄悄地越过墙头吗？"在后面，他赞颂了沉着的迟钝："我展望我的未来——遥远的未来！——如同展望平静的海面一样：没有丝毫的渴念会打扰大海的宁静。我丝毫不想改变现状，我本人也不想变成另外一个人。"

神秘的是，在获得最大限度自由的那一时刻，我也被剥夺了一切欲望。我感到湖泊的景色在心中展开。我唤醒了身体里的那个古老的中国人。

七月八日

晚上，我在湖岸点起火堆烤鱼。

夜晚是一个消亡的梦。接近八点时，浪漫梦想的所有元素都在我的门外铺陈开来：沉睡的水，衣衫褴褛的雾气，彩粉着色的骤风，飞翔归巢的鸟。大自然掠过媚俗的边缘，但从不陷入其中。

今天，我丢弃了书籍。尼采在《瞧！这个人》中的警告令我震惊："下面的情况是我亲眼所见：天分很高、思想自由的人早在三十岁时已'因为读书而精疲力竭'，变得像火柴那样，需要摩擦才能产生火花——'思想'。"阅读必定会使人摆脱在思考的森林中跋涉寻找林间空地的思虑。一卷一卷地读下去,我们会满足于承认已成熟的直觉所形成的思想表达。阅读缩减为发现自身已在飘扬的思想表达,或是局限于将几百名作者的著作里的相通之处编织起来。

尼采将这些疲倦的头脑形容为"不参阅"些什么就无法思考。只有柠檬汁才有力量唤醒牡蛎。

这些人的光辉之处便是由此而来,他们向世人展示了已摆脱一切参照物的见解。阅读的记忆从不会在这些生灵与事物本质之间插入屏障。

我的生命中曾有一个懂得忘记所读内容的女孩。她对一切生命形式均抱以景仰。我们曾穿越卡马尔格,在盐沼中、运河上、沿着泻湖划桨。火烈鸟列队在夕阳的羽絮中飞翔。晚上,营地引来大群蚊虫。我消灭这些蚊虫,用化学品对它们狂轰滥炸。女孩说:"我呢,我爱它们。它们叮咬,但每个人都需要些什么。另外,正因为有了它们,一些蚊虫成灾的地区免受人类的威胁,其他动物才能安宁地在那儿生活。"她离开了我,就在二十二天前。

夜幕降临时,我的朋友托马斯·高斯克和贝尔纳·埃尔曼由谢尔盖的小船护送来到湖畔。按照雪松北岬的传统,我们在湖滩喝得酩酊大醉,颂扬已被埋葬的爱情和重新联结的友谊。高斯克被一家新闻杂志派到这儿,埃尔曼则是来继续进行他已经从事了几十年的禅宗事业:凝视光线在地表皮肤上产生的微妙变化。他看起来像个印度军队上校，穿着棉布白外套，戴着玳瑁眼镜。由于他的金色胡须和普加乔夫式的眼睛，俄罗斯人总把他当成顿河边的一个哥萨克首领。而他则用自己在勃列日涅夫和赫鲁晓夫时期的俄罗斯旅行时学到的混合语回答道，他有克里奥尔人、犹太人、凯尔特人、波罗的海、西班牙和条顿人的血统，但从来没有任何哥萨克祖先。

七月九日

谢尔盖昨天留下了一些海豹脂肪。我和高斯克划船到南边去，准备把这些恶臭的油块放到岩石上，希望能吸引到一头熊。在我那片沙滩上的木桌旁，用望远镜能观察到发生的场景。我期待着熊的到来，就这样过了好几个小时。

我和高斯克、埃尔曼和睦相处。我们钓鱼，在湖边森林中穿行，讨论俄国虚无主义、佛教的承受和斯多葛派的不动心之间的细微区别。有时，高斯克和埃尔曼将自己对士兵的回忆相互对照。于是，对话仿佛是谈着隋朝诗歌，却变成了谈论唐朝的，或是在聊到外国情报与反谍报署的行动时，又变成了聊十一号打击部队。

七月十日

天空不像森林那样吝啬它的野兽。没有一头熊前来赴那恶臭的脂肪的约会，络绎不绝的则是黑雁、秋沙鸭、凤头潜鸭和绒鸭。傍晚时分，两名德国人乘皮划艇从北面来到这里。他们在岬角的沙滩上扎营，离小木屋五百米远。然后，他们来用我的太阳能电池给电子设备充电。我们得观看他们的照片、录影，交换网址。如今，当我们遇到什么人时，握手、短暂地扫一眼后，便开始记录网站和博客名称。相遇之后，我们保留的不是对面容或声音特征的记忆，而是记着数字的卡片。人类社会实现了自己的梦想：像蚂蚁一样相互摩擦触角。终有一天，人们只要相互嗅嗅就足够了。

七月十一日

德国皮划艇运动员登上他们保养完美的小艇，再次出发。与此同时，另外四个桨手组成的小队也出现在我的湖湾。这些人有些运气欠佳。修修补补的装备：俄罗斯人。垃圾袋充当了甲板梁的防水罩。他们穿着水手衫，接受了条顿人婉拒——以还是早晨为借口——的三杯烈酒。德国人和俄罗斯人：前者梦想着使世界井井有条，后者则经受着混乱，以显示他们的天才。

今天最后一场来访值得进入九十年代巴尔干国家电影学院的课堂。随着北面传来的一声爆响，一个浮在乌拉尔卡车内胎上的木板筏子向我的湖滩漂来。在浮岛中央，端坐着一辆用键槽和绳索固定的破车。三个穿着全套作战服的俄罗斯人把木筏停靠在石子滩上："我们的筏子名叫'无畏号'！"他们有着杀手的嘴脸，像潜艇艇员那样画了条纹,腰里别着匕首。汽车的万向节从轴中抽出,倾斜了二十度,配了一个螺旋推进器。他们将乘着这艘遇险的"康提基号",在方向盘后轮流值班,一路前往伊尔库茨克。筏子后部有个桶,点了一堆柴火,权当厨房。重新出发时,他们用手提式小炮管开了一炮。我注视着这个与俄罗斯生活十分相像的筏子:一个笨重、危险的大家伙,处于沉没的边缘,随波逐流,但人们永远可以在上面煮茶。

晚上,前往瀑布。埃尔曼看守小木屋,我和奥斯卡则成功抵达了瀑布上方水流的另一侧岸。我们来到了花岗岩山脊,冬季时,我曾在那里发现一块露营平台。得花一小时才能爬上最后五十米高差,矮松防守着此地,它们的树枝紧扯着我们的步伐。

我在平台上升起一堆火。这块狭窄台地是度过重大事件前的不眠之夜的处所,是在极刑前与自我和解的场所之一。在这些地方,让你的心绪决定,是让最阴暗的绝望,还是光明的欢乐涌上心头。我们抽着罗密欧一号雪茄。夜晚沉静如水,月亮已饱满如镜。为何在世界失去光辉的时刻会产生将其全盘改造的意愿?积云遮挡了布里亚特的天空,夕阳促使它们成熟。四种元素划分了边界。水接住了月光的银色碎屑,空气充满了水雾,岩石因累积的热量而震颤。为什么认为上帝不在黄昏里,而是待在他处呢?狗在松树下盘成一团。火焰上升,夜晚降临。它们相遇了。

突然,艾卡冲了出来,露出獠牙奔向山坡,贝克则蜷缩身子躲在松树下，如同一只在泰加森林里迷路的家养小狗。那只黑色的小哨兵在黑夜里狂吠，我们则想象着有一头熊绕过了我们的营地。

七月十二日

和高斯克、埃尔曼来到雪松中岬。我们在湖畔静悄悄地行走。无比谦逊的夏多布里昂在《朗赛传》回忆道，在"精神的重压下"慢慢前行。

在岬角顶端，我们在红色世纪的遇难者最终腐朽时所处的小木屋前进行了一分钟的冥想。埃尔曼："在这里生活，却不知道居伊·吕克斯。"在将贝加尔湖和内湖分隔开来的卵石滩上，小狗从一簇矮松丛里掀出了一窝鸭蛋。我们得制止它们，否则那些蛋全都会被解决掉。不过，艾卡还是活生生地嚼碎了一只小鸣禽，使得恪守素食主义四十余年的埃尔曼十分懊丧。

六点钟的太阳使沼泽变成了亚瑟王森林中的水塘。传说中的雾气使地面变得朦朦胧胧，其间偶有缺口，千万道阳光衍射下来。这是维多利亚时代哥特风作家寻求的景观。在十九世纪末的幻想小说里，蜻蜓是仙女带翅膀的坐骑，水上的波光是水精的吻，雾霭是气精的呼吸，蜘蛛的职责是看守风之门，死水中掩藏着守护神的墓穴，而狭窄的山脊间泻下的光束则象征着通往天国的黄金之路。但我们只是人类，身处原子构成的世界，必须在夜晚降临前回去。

七月十三日

欧洲继续建造第三代 EPR 反应堆，重新启动了旨在进口非洲发电站生产的太阳能的"绿色输送"计划，并目击了佛罗里达海域发生的一场黑潮。我在高斯克带来的报纸中读到了这些人类创世的编年史。

木屋生活是对能量信念的信奉，与历史上的普罗米修斯主义相反。伐木工的斧子和太阳能板供应光与热。对能量的节制并不是太大的负担，因知晓自己能自给自足而感到快乐、因受益于太阳的慷慨而产生的宗教情感也同样如此。光伏电板截取了从天而降的光子雨。树木——本身即是阳光的化石——在火中释放着自身的能量。

垂钓或采撷得来的每个卡路里、身体吸收的每个光子又被耗费在垂钓、采撷、汲水和砍柴中。森林中人是一台能源回收使用机。回归森林，即是回归自我。没有汽车，隐者行走；没有超市，他会钓鱼。没有锅炉，他用手臂砍树。"不得委托规则"同样适用于精神：没有电视，他打开了书。

石油和铀像什么呢？EPR 反应堆的密封壳里有什么？在海底四千米从英国石油公司的管口产出的煤由什么构成？谁将这些能量转化，再把它们以瓦特的形式带到我们面前？小木屋的共产主义在于：拒绝中介。隐者知道他的木头、他的水、他吃的肉、他的桌上散发馨香的犬蔷薇从哪里来。邻近原则指引着他的生活。他拒绝生活在进步的抽象作用中，也不愿刺穿一种自己一无所知的能量。做个现代人的意义就是：拒绝关注进步所带来的好处的起源。

其他新闻涉及了法国政府人士的腐败事件。有时，新闻暴露了人们在掩盖恶行时表现出的令人吃惊的笨拙感。就连萨德的仆人也会锁上他们所在的房间。这些人丑陋的全套西装和贫乏的言辞比他们的贪腐行为更糟糕。

七月十四日

清晨四点，太阳升起了彩旗，我则要晚一些，而且只有三种颜色。挂在鱼竿上的小旗——天空、雪、血——在沙滩上猎猎作响。为了祖国，高斯克、埃尔曼和我各自干了三杯清晨的伏特加。我们向博罗迪诺战役的记忆致敬。我组织了一场民间舞会，教贝克跳华尔兹。雌犬艾卡则拒绝跳舞。在俄罗斯的土地插上法国国旗合法吗？这是否是一种挑衅行为？我觉得，这得请教一位划皮筏艇经过的立宪主义者。

七月十五日

高斯克和埃尔曼今早离开了。他们带来的友善和近日络绎不绝来访的船员打破了我内在的时钟，我将用几天时间重新找回仅建立在观察太阳围绕林间空地路径的基础上的节奏。

七月十六日

木屋生活是一张砂纸。它为灵魂除垢,使生命暴露在外,让精神狂野,使身体荆棘丛生,但它在内心深处铺展了如同孢子一般敏感的乳头。隐者用温柔填补了在礼仪上所缺失的东西。"我们的祖先面对欢愉时可能更加优雅,更能意识到自己的幸福,而相应地,他对痛苦也不那么敏锐",巴什拉在《火的精神分析》中如是写道。

要想保持心理健康,被抛上海岸的隐士必须活在当下。一旦开始拟定计划,他就将陷入疯狂。现下是抵御未来警报的保护衣。

夜晚的云彩为沉睡的山峦戴上了棉帽。

森林边缘的树木脚边点缀着犬蔷薇。它们将花冠朝向自己的神——太阳。我想到了《悲惨世界》中对卜吕梅街花园的描写。冉阿让任凭那里荒草丛生,雨果进行了一场泛神论声明:"一切都在为一个整体进行工作……物与物之间存在着无从估计的联系……任何思想家都不敢说山楂的香气于星群无涉……"

延续雨果的问题:谁能断言波浪在幼兽的梦中无足轻重,风在扑向墙壁时毫无痛楚,拂晓对山雀的吱吱鸣叫无动于衷?

七月十七日

用一天时间读《台风》,砍储备的木柴,钓到四条红点鲑鱼，喂狗，修理被暴风雨重创的挡风板。康拉德书中的麦威船长是个与埃哈伯船长相反的人物。他挺立在命运的门槛，迎接暴风雨的到来，不想找什么方法去摆脱不可逃避的困境。为什么要为不属于我们权限范围内的事情而兴奋烦躁呢？白鲸也丝毫不值得我们激动。发挥到极致的冷漠使人有了顽固的神色，而康拉德笔下的麦威船长则具备着野蛮人的特征。这位船长会是一个出色的俄罗斯英雄。在俄罗斯，在表示满不在乎时，人们说"mnie po figou"，对一切都逆来顺受则叫做"报废主义"。俄罗斯人夸耀，他们内在的报废主义能对抗历史的骚乱、气候的颠簸、领导者的卑劣。报废主义既没有借用斯多葛派的屈从，也没有佛教徒的超脱。它并不妄想指引人们回归塞内加的美德，也不奢望散播佛教的因果功德。俄罗斯人唯一的要求是今朝有酒今朝醉，因为明天会比昨天更糟。报废主义是一种经由生命力修正的内心钝感。尽管报废主义者对一切希望都不屑一顾，但这并不妨碍他从当下的每一天中吸收尽可能多的滋味。夜晚是他的天际界限。在船头驾驶台前流着汗等待台风的麦威或许是这个无所希冀的教派的忠实信徒。

七月十八日

正当我乘着皮划艇在岬角间笔直穿行时，雾气突如其来。太阳散发出圈圈光环，装饰着这些好似炫目海胆的冠冕。在这种天气条件下，会被贝加尔湖的怪兽攻击。我在废弃的小木屋前靠了岸，钻进森林，向沼泽走去，寻找野洋葱、大黄和熊葱。蚊子朝我猛攻。我真想把写防蚊液说明书的撰稿人赤身裸体地拖到这儿，刺激他们别再把标签写成狂热的抒情诗。池塘波光粼粼，野玫瑰使塘边赏心悦目，雪松投下暗影。我满载着香草回到小木屋。湖面变成玫瑰红，天空呈现出大理石的斑纹，淡紫色的大块上划着青紫的痕迹。法医才能欣赏贝加尔湖的黄昏。

七月十九日

在湖岸淋浴。当我用桶里的温水冲刷身体时，叶罗钦的沃罗迪亚下了他的小船，手里拎满了熏鱼。他这次来是为了和我聊聊令俄罗斯人十分着迷的一个问题。"你们的城市发生了骚乱！阿拉伯人革命了！什么都烧了。"我的词汇还不足以向沃罗迪亚解释，情况没这么严重，但比这复杂。而且，真是这样吗？我该向他解释，这些运动表达了社会的怒火，而参与者的种族身份虽然让俄罗斯人感受强烈，但并未被法国评论家所提及。我该告诉他，这并不是革命。这些对社会秩序造成困扰的行为并非为了掀翻资产阶级世界，而是为了跻身其中。大家听见这些年青人要求获得自由、权力和荣耀了吗？为什么这些不幸事件的顶峰是焚烧汽车？是为了抨击技术和市场对社会造成的灾难，还是因为恼恨自己没能拥有最大、最漂亮的车？

我回忆起我在这些敏感（我们用这个形容词指代那些具有某种野蛮气息的地方）街区参与的活动。那些小顽童精力十足，对我讲述的东西很感兴趣，这让我十分高兴。但他们嘲笑我的穿着，愚弄我的说话方式。我从这些会面中发现，他们极其看重衣着的识别度，培养街区精神，行为上因循守旧，喜爱昂贵的物品，对外表产生病态的关心，笃信强者法则，对"他人"不太好奇，并且拥有自己的语言规则：这些正是资产阶级精神的典型标志。

森林之神啊，我在这里生活，却因担忧俗事而冒犯这些山峦！沃罗迪亚一点火离开，我就赶快把这些思绪赶走，回到耕作书本和树木的劳动中。

七月二十日

今天，我攀登了一千六百米高差，又从这个高度下山。统计记录如下。我决定爬上小木屋后面的巍峨山顶。首先得在泰加森林里费力地向上爬很长一段路。在八百五十米高时，我来到了灌木丛。山上的森林边缘标志着高山世界的入口到了。从山顶掉落的石块一直滚到森林的屏障边。四周寂静得像个圆形剧场。狗热得气喘吁吁。我们从细细的水流中汲水喝。峡谷变得僵直，艾卡和贝克在岩块间艰难行走。我坐在高山银莲花丛旁，看着崩积物和森林缓慢地塌陷，直到湖边。

有些男人审视女人的胯部，想知道她们是不是优秀的生育机器。另一些人盯着眼睛，猜想她们会不会是迷人的情人。还有一些人估算手指的长度，以推算她们的肉感。有些人则用同样的目光凝望地势。

这些山峦带来的是只能在现场感受的铺天盖地的感觉。人类永远不能改良这些山。在这片从不许诺的苍茫大地上,精于算计的人只能大失所望。什么都不能使这里的大自然折服。只有抛弃了一切野心的灵魂才懂得赞赏它。泰加森林与育肥土地的梦想格格不入。土地整治者,走你的路,回到托斯卡纳吧!在那里温和的天空下,乡村的土地等待着人们打造经营。这里,在这座圆形剧场里,自然力的统治亘古不变。岩浆时代曾发生过争斗,而现在,只有平静。这片土地正处于地质休眠期。

海拔一千七百米处,我从崩塌石块中直上山脊。在高处,在贝加尔盆地和勒拿河的分界线上,我和小狗吃了午餐,三条熏鱼和野洋葱。继续踏着风干的地衣走一小时,前往两千一百米的顶峰。在山顶,我和小狗一起躺在苔藓上。蚊子把我们赶跑了。它们是高地的守卫,坚决不让任何入侵者安营扎寨。大自然的天才之处在于,它派出的并不是凶神恶煞的看守大军,因为子弹终有用尽的时候,而是小小的飞行注射器,它们的嗡嗡声就能叫人发狂。

我们向东北坡且战且退,猛冲下一堆崩坍物,每一步都造成更多石块掉落。我来到一片倾斜四十度的冰原后,用两片薄薄的页岩在上面凿出台阶。小狗尖叫,随后不得不绕过这片障碍。坡度渐缓,我们在雪里向前冲去。到了九百米时,我猜想这可能是个断层,就本能地离开了冰原,回到岩石边缘。一条冰面水道显露出来,被雪覆盖的河流在一瞬间涌出后,便陷入了三十米深的深渊中。

七月二十一日

鸟儿不鸣,湖水无波。雾吞噬了世界。

七月二十二日

他们的到来让我吃了一惊。他们静悄悄地靠了岸,我看到卵石滩上被皮划艇擦过的痕迹才发现了他们。他们是两位光头巨人,笑容像食肉动物,眼睛却很温柔。他们正以每天五十公里的速度划向奥尔洪岛。他们向我讨杯茶喝,于是,在水在炉子上滚开的当儿,他们告诉我,他们信奉湿婆神,沿湖岸航行是为了找出圣地。这座湖泊可能是湿婆最初的摇篮。滑稽的是,他们的脸看起来像拥有特殊能力的杀手。

我的心里还残存着在十年教友教育过程中栽下的耐心,这帮我坚持着领教了萨沙那持续一小时的精神火烛,他的表述中还大量引用了梵语。他的结论是,贝加尔湖的山峦与梅鲁山相连,乌拉尔南部是凯尔特宇宙在这个世界上启示最盛的地方,查拉图斯特拉在印度萨尔马特平原上建起了墓葬封堆。我很钦慕这些有信念的人,他们在向你讲述这些事情时,淡定得好像刚和上帝在隔壁的木屋里共饮了一杯啤酒似的。苏联解体以来,新世纪理论在俄罗斯大获成功。社会主义信条坍塌而留下的神秘主义空当必须得填上。俄罗斯人喜欢对世界的秘传型解释，对于秘术者甚至不敢在西欧提出的那些理论，他们也从来照单全收。俄罗斯人不愧是拉斯普京的子孙。

一边航行，一边试着在风景的形态中找出传奇的物质表征，这个想法很美妙。这种对地理进行精神与象征性转化的行为使我们的目光保持着紧张状态。我的两位朋友一边在湖上划船，一边分辨各种标记，追踪其中的联系。他们从一片高地里看出了一座林伽，在犬牙交错的山脊中辨出了湿婆的三叉戟，把小木屋视为力量交叉点的风压中心。

喝了汤后，萨沙和弟子在沙滩上盘起莲花座，背诵印度咒语。萨沙吹起西藏法螺，螺号惊醒了贝克，它嚎叫起来。

"我的狗不喜欢法螺的声音。"我说。

萨沙的眼神有些奇怪：

"它可能不是一条狗……"

他们再次告诉我，雪松北岬的小木屋位于一个非常强劲的"能量中枢"。他们又向南出发了。远方回荡着三声法螺。

七月二十三日

我向列德那亚河划去。湖水散发着尸体的臭气。雾又回来了。森林前进，后退，再上前。我在那里的岩石上钓鱼，再把耐心得来的成果作为午餐。今晚，我的吊床构成了水、土、火、空气以外的第五元素：水汩汩流淌，草地延伸到临着静水的悬崖边缘就消失了，几棵桦树迎着微风。鱼在火上炙烤，小狗等待着收到它们的那一份，月亮——色泽好像埃克斯的杏仁蛋糕——沉溺在雾蒙之中。我抽了一支帕塔加斯雪茄。真正能使雪茄变得神圣的，是抽雪茄的地点。我的记忆具有地理性，记得更清楚的是各地的空气和守护神，而不是面容和对话。

这个晚上，唯一缺少的是我梦中的那个女子。

七月二十四日

黎明时传来了马达声，是沃罗迪亚在列德那亚河口撒下渔网。我从悬崖上方向他呼喊。我们交谈了一小时，同时还在小船的船罩上分享了西红柿。弗拉基米尔·扬科列维奇在他关于"当下"的谈话中讲过，俄罗斯人有种本事，能在桌旁坐上好几个小时，停留在一座物产丰富的岛屿的暗礁上。桌子四周被充满恶意的冷硬世界所包围，迟早都得跳进这个世界，游向更远处的另一张新桌子。

我在雾中航行，返回原处。湖岸线是我的阿莉阿德尼线团。我回到小木屋两小时后，暴风雨解析了一切。

七月二十五日

我就要和小狗分离了。我看着头倚着木屋门槛睡觉的它们。为什么最终一切都将来临？要躲避不可避免之物，只有一个办法。

七月二十六日

"我才出发哩,那标树排在路的两面,我才走过了几棵"……①

谢尔盖后天会来接我。我们将把小狗留在叶罗钦。它们得待在那儿,等待被主人收留,到保护区里的另一座小木屋去。

我来这里时,并不知道我是否有力量留下来。再次离开时,我知道,我还会回来。我发现,在寂静中居住能令人重新恢复活力。我学到了两三个道理,但许多人不必把自己幽禁起来也都知道。纯洁的时间是一座宝藏。时光的流逝比旅程行走更加纷乱。眼睛永远不会厌倦壮丽的景观。我们越了解事物,它们就会变得越美。我遇见了两只小狗,我喂养它们,它们有一天救了我。我对雪松说话,向红点鲑鱼乞求原谅,想念我的家人。我曾是自由的,因为没有了他人的存在,自由不再有任何界限。我凝视过山峦的诗篇,在湖水变成玫瑰色时饮茶。我扼杀了对未来的欲望。我呼吸过森林的气息,追随过月亮的弯弓。我仰慕过古老的树木,驯养过山雀,捉住一切对美不够恭敬的浮华之感。我的目光曾投向湖岸的另一边。我经历过数周静寂的积雪。我喜欢在暴风雨爆发怒火时,待在温暖的小屋里。我迎接过太阳和野鸭的回归。我曾扯下熏鱼肉,感受鲑鱼子的油脂唤醒我的喉咙。一个女子与我永别,但有蝴蝶在我身上停驻。我度过了生命中最美好的时刻,直到收到一条信息,接着经历了最悲伤的时光。我用呜

---

① 法国诗人安德烈·舍尼埃的《青年女囚》中的诗句。

咽浇灌了土地。我问自己，能否不通过血脉，而是经由抛洒的泪水取得俄罗斯国籍。我把鼻涕擤在苔藓上。我喝光了一升又一升四十度的烈酒，我喜欢在布里亚特面前撒尿。我学会了在窗前静坐，融化在我的国度，我闻过地衣的气味，吃过野蒜，遭遇过熊。我的胡须长了出来，时间纺出了它的纱。我离开了城市的墓穴，在泰加森林的教堂里生活了六个月。六个月，好像一生。

这是一件好事，你知道在世界的一座森林里，在那里，有一座小木屋，那里有一种可能，能不太远离生活的幸福。

七月二十七日

在湖边的卵石滩上午睡，狗躺在我的身上。艾卡和贝克，我的宿命论导师，我的安慰者，我的朋友，除了"现下"在生命餐盘里为你们所准备的东西，你们别无他求，我喜欢你们。

刺目的太阳，蔚蓝的湖泊，雪松林中的风，拍岸的波浪：我在吊床中时，感觉身处地中海岸。我在森林里向鲁滨逊式的生活敬了最后一杯酒。我发现了一座蚁巢，用手拍了拍它的顶部。这些昆虫进行了抵抗，用蚁酸轰击着我的手掌。我的皮肤因活性的液体而闪着光。我吞下了伏特加，如同向窦道注入了药剂。氨水的气味起效明显，森林披上了意想不到的色彩。

拆卸皮划艇，整理包裹。我的生活在这里舒展了几个月，现在又将折叠起来。我总是生活在包裹之中。物资箱里空空荡荡。我吃了鱼。一切都结束了。明天将是返程。

七月二十八日

最后一次拜访高峰，与湖泊告别。在这里，我曾请求此地的神灵帮助我与时间和解。下山时，艾卡截住了一只雌绒鸭。雌鸭的右翅扑腾着水，假装受了伤。贝克上了当，最后只能追赶得晕头转向。

艾卡寻找着鸟窝，我还没来得及干涉，它就找到并屠杀了六只雏鸭。我用卵石结果了这些毛茸茸的小身体。

雌鸭的哀怨啼声在湖岸久久回荡。

它为跋涉了数千公里却一无所获而哭泣，它为失去的子女而哭泣。生命在于经受至亲死亡的打击。

一只小小的食肉动物不自觉地动动牙齿，就足以让巨大的孤独感排山倒海地侵袭雪松北岬。

我坐在木凳上，等待谢尔盖的小船。太阳炙烤。箱子和包裹堆成一堆。小狗在沙子上睡觉。还有那只在阳光里哭泣的雌鸭。

早晨有种死亡的味道，离别的味道。

小狗抬起头。隆隆声升起，越来越确定。船来了。天际线的一个黑点逐渐增大。最终的句点。